Christian Böhm

Tod am Inn

Watzmanns zweiter Fall

Piper
München Zürich

Mehr über unsere Autoren und Bücher:
www.piper.de

Von Christian Böhm liegt im Piper Verlag vor:
Löwenjagd

FSC
Mix
Produktgruppe aus vorbildlich bewirtschafteten Wäldern und anderen kontrollierten Herkünften
www.fsc.org Zert.-Nr. GFA-COC-001262

ISBN 978-3-492-05175-0

Umschlaggestaltung: creativ connect Karin Huber, München
Autorenfoto: Svenja Naudszus
Satz: psb, Berlin
Druck und Bindung: Pustet, Regensburg
Printed in Germany

Der Pfad der Gerechten ist auf beiden Seiten gesäumt mit Freveleien der Selbstsüchtigen und der Tyrannei böser Männer. Gesegnet sei der, der im Namen der Barmherzigkeit und des guten Willens die Schwachen durch das Tal der Dunkelheit geleitet. Denn er ist der wahre Hüter seines Bruders und der Retter der verlorenen Kinder. Und ich will große Rachetaten an denen vollführen, die da versuchen, meine Brüder zu vergiften und zu vernichten, und mit Grimm werde ich sie strafen, auf dass sie erfahren sollen: Ich sei der Herr, wenn ich meine Rache an ihnen vollstreckt habe.

EZECHIEL 25, 17 (in der Bearbeitung
von Quentin Tarantino)

Für die Katz'

1

Dass der Mensch gut sei, ist ein Gerücht, das mindestens so alt ist wie die Welt. Kain erschlug den Abel, Judas verriet Jesus – über Hitler, Mao, Stalin brauchen wir nicht zu reden. Vergessen wir für einen Moment Pol Pot, Karadžić und Bin Laden. Auch im kleinen Maßstab, sprich: Privaten, begehen Menschen seltsam motivierte Grausamkeiten. William Shakespeare brachte es früh auf den Punkt und schrieb darüber die größte Liebestragödie aller Zeiten. Seinen Dichter-Worten darf man trauen: »Denn niemals gab es ein so herbes Los als Juliens und ihres Romeos.«

In diese Richtung muss auch der Chef vom Stadttheater gedacht haben. Jedenfalls setzte er Romeo und Julia schon im Winter auf den Sommerspielplan. Weil chronisch unterfinanziert und oft im Kampf ums Überleben, hörte der Lipschitz endlich wieder seine Theaterkassen klingeln und die Kritikerchöre frohlocken. Unter Garantie, so gut kannte ich ihn mittlerweile, träumte er von Schlagzeilen im Feuilleton der Süddeutschen oder wenigstens im Kulturteil der Frankfurter Allgemeinen Zeitung: Provinztheater des Jahres! Kuno

Lipschitz für seinen Mut belohnt und ausgezeichnet! Unser Intendant fühlte sich längst zu Höherem berufen. Münchner Volkstheater mindestens, besser noch Maximilianstraße, also Kammerspiele, oder gleich ans Resi.

Aus dem Grund verpflichtete er für die Regie trotz Geldnot, teilweise sogar aus eigener Tasche, ein echtes Wunderkind nach Wasserburg. Das mit dem Wunderkind haben nicht nur die Zeitungen so geschrieben, sondern auch die Wortprogramme im Radio verkündet. Dem Stöckl Harry war das immer ziemlich peinlich, weil er als bodenständiger Mensch aus Schwaben den Schulterklopfern nicht recht traute. Seit seiner Augsburger Sommernachtstraum-Inszenierung war er aber der Regienachwuchsstar am weiß-blauen Theaterhimmel. Aus heutiger Sicht muss man vielleicht sagen, wäre der Harry besser nie zu uns gekommen. Obwohl so viel Publicity dem Marktwert eigentlich nicht schadet.

Ich für meinen Teil führte längst wieder ein beschauliches Detektiv- und Privatleben, das die überregionale Partyprominenz bestimmt langweilig gefunden hätte. Kaum Stress und wenig Hektik. Beschatten hier, fotografieren da, insgesamt aber den Herrgott einen guten Mann sein lassen. Dank der Erbtante, die mir eine Wohnung, ein Auto und ein bisschen Kohle hinterlassen hat, plagen mich kaum finanzielle Sorgen. Mit dem Detektivgeschäft verdiene ich so viel, wie ich für meinen Lebensunterhalt brauche.

Trotzdem trauerte ich um Julia, meine langjährige Geldeintreiberin und treue Halbtagssekretärin, die mittlerweile bei einer Investmentbank in London arbeitet. Seit ihrem Wegzug schreibt meine beste Freundin und Lokalradio-Moderatorin Kassandra die Rechnungen für mich, obwohl ich das fast selber könnte. So viele sind das auch nicht. Nur sagt die Sandra, dass sie das Geld wirklich dringend brauche, weil die beim Radio angeblich so schlecht verdienen. Wenn du jetzt nicht der Morningshow-Superstar von Bayern 3 oder Antenne Bayern bist.

Am Abend vor der Premiere saßen wir noch lange auf meiner Dachterrasse, aßen Tomaten mit Mozzarella und nippten zwischendrin immer mal wieder am feinfruchtigen, elegant ausgebauten Brunello, der schnell leer war. Kassandra hörte meinen Text ab: »Hol meinen Degen, Bursch. – Was? wagt der Schurk', Vermummt in eine Fratze, herzukommen, Zu Hohn und Schimpfe gegen unser Fest? Fürwahr, bei meines Stammes Ruhm und Adel! Wer tot ihn schlüg', verdiente keinen Tadel.«

Auf offener Bühne hantierten wir aber gar nicht mit dem Degen, sondern mit automatischen Waffen, schmutzigen Bomben und Granaten. Es sollte freilich eine sehr zeitgenössische Inszenierung werden. Kein sechzehntes Jahrhundert. Jetztzeit in Echtzeit und soziale Brennpunkte.

Eine Idylle wie in Verona mit Hinterhausbalkonen und Cocktailpartys war nicht vorgesehen. Stattdessen Kampf der Kulturen. Osten gegen Westen. Mohammed gegen Papst. Islam gegen Christentum. »Wen interessieren schon Familienfehden wie die der Montagues und Capulets?«, hatte der Harry zu Beginn der Proben in die Runde gefragt, »Hand aufs Herz«. Ich war der Einzige, dessen Herz pochte. »Mich schon«, sagte ich trotzig. Nicht dass ich etwas zu sagen gehabt hätte.

Schon seit Wochen herrschten Höllentemperaturen im Freistaat. Jahrhunderthitze, dozierten die Wetterleute im Fernsehen. Wie es im Theatersommer seit seinem Bestehen Tradition ist, wurden einige ausgesuchte Rollen mit Amateurschauspielern besetzt. Ich sollte aufgrund meiner Theatererfahrung den Tybalt geben, der den Mercutio tötet.

Fünfzig Probentage lagen hinter uns. Harte Proben, weil der Stöckl uns immer alles abverlangte. Er schrie, tobte und brüllte. Erst beim Bier danach in der Theaterkantine war er wieder der netteste Mensch im Weltall. Wahrscheinlich ist das sein Erfolgsgeheimnis. Wahrscheinlich musst du so sein, wenn du es zu etwas bringen willst. Wahrscheinlich geht das gar nicht anders. Von den Amateuren forderte er nicht weniger als von den Profis.

Die Julia und den Romeo spielten außerordentlich talentierte junge Schauspieler, die Amme und die Gräfin Capulet alte Theaterhasen. Den Bruder Lorenzo gab der Schweighofer Alois, weil der vor Jahren mal den ganzen Faust auswendig gelernt hatte und als frühpensionierter Postbeamter eh nicht viel zu tun hatte. Als Fußballtrainer wartete er noch immer auf ein Engagement bei einem ernst zu nehmenden Verein im Landkreis.

Dank meiner Elfmeterkünste im letzten Punktspiel war der TSV vor zwei Jahren abgestiegen. Der Präsident hatte den Alois noch auf dem Weg in die Kabine gefeuert. Trotz weiterer Misserfolge hat derselbe Präsident aber erst neulich wieder verkündet, viel Geld aus seiner Privatschatulle in neue Spieler zu investieren. Von mir aus soll er. Es trifft ja keinen Armen, obwohl seine frisch angetraute Gattin einem mindestens so exklusiven wie teuren Schuhtick huldigt, der selbst Imelda Marcos vor Neid erblassen ließe. Schwamm drüber!

Als hätte der Wettergott Mitleid mit den hitzegeplagten Bayern gehabt, öffnete er aus heiterem Himmel nun doch noch seine Schleusen und riss mich so aus den Ex-Diktatorinnen-Gedanken. Blitze entluden sich am Himmel, Donner grollte. Wir schafften es gerade noch rechtzeitig ins Wohnzimmer, um das Naturspektakel im Trockenen zu bestaunen. Man konnte wirklich glauben, die Welt ginge jeden Moment unter.

»Was würdest du tun, wenn du nur noch einen Tag zu leben hättest?«, stellte Kassandra eine ziemlich endgültige Frage.

»Puh«, musste ich meine Optionen erst überschlagen. An einen Weltuntergang hatte ich bislang noch keinen tieferen Gedanken verschwendet. Trotzdem war die Antwort eigentlich ganz einfach: »Wahrscheinlich das, was ich sonst auch mache.«

»Barolo trinken und die Netrebko anhören.«

»Brunello!«

Im Grunde lebe ich tatsächlich jeden Tag, als wäre es der letzte, was jetzt nicht heißen soll, dass ich oft über die Stränge schlage. In der Ruhe liegt meine Kraft. Dass Kassandra ausgerechnet die Premiere verpassen würde, beunruhigte mich hingegen. Aber was willst du machen, wenn die Lieblingsschwester ausgerechnet am Abend unseres kleinen Theaterauftakts ihr Diplom von der Schweizer Elite-Uni groß feiert?

»Ich komme ja übermorgen wieder. So schnell wirst du mich nicht los, Watzmann«, log meine beste Freundin, weil sie mich nur Minuten später trotz des sintflutartigen Wolkenbruchs verließ. »Toi, toi, toi«, wünschte sie mir zwischen Tür und Angel, spuckte andeutungsweise dreimal über meine linke Schulter und versprach, beide Daumen zu drücken. Dann drückte sie mir ohne Vorwarnung einen Kuss auf die Lippen.

Ich drückte ihr einen Regenschirm in die Hand.

2

Die Luft am nächsten Morgen war angenehm. Ich atmete tief ein und genoss die Kühle, so lange sie noch währte. Die Sonne stand schon wieder bedrohlich hoch am Himmel. Zum Frühstück nahm ich in der Kaffeerösterei einen Frischkäse-Bagel und einen großen Cappuccino. Ich setzte mich an einen Holztisch auf einen großzügigen Stuhl mit blauem Lederbezug im hinteren Teil des herrlich nostalgischen Kaffeebetriebs, blätterte in der Wasserburger Zeitung und blieb berufsbedingt an einer kleinen Meldung über den Einbruch in einer Tierarztpraxis hängen. Der Hausmeister war niedergeschlagen worden, als er einen Einbrecher auf frischer Tat ertappte. Er lag nun mit einer schweren Gehirnerschütterung im Krankenhaus. An die Tat könne er sich nicht erinnern. Nach ersten Erkenntnissen seien aber ohnehin nur tiermedizinische Barbiturate und ein paar Euro aus der Portokasse gestohlen worden. Die Polizei vermutete den Täter im Drogenmilieu.

Wie auf Dauerdroge wirkte auch der bayerische Großkritiker Paul Stadlhuber, der sich in seiner bescheidenen Art für den landesweit führenden Intellektuellen hält und vor Publikum dementsprechend auftritt. Vor einigen Jahren ist der laufende Meter, der in Aussehen und Größe ein wenig an den französischen Staatspräsidenten Sarkozy erinnert, in ein mit viel Beton und Stahl stararchitektonisch renoviertes Bauernhaus im Chiemgau eingezogen. Seitdem verbringt er aber die meiste Zeit in unserer Kleinstadt. Zum Nachdenken angeblich. Weil ihn das Historische und das Italienische an Wasserburg so inspiriere. Er saß nur einen Tisch weiter direkt am Fenster mit Blick auf den venezianisch anmutenden Innenhof mit seinen überdachten weißen Veranden und blätterte ebenfalls in der Zeitung. Beim eigenen Artikel auf der Kulturseite, in dem er Gott die Welt erklärte, ruhten seine Augen minutenlang auf dem Text, den er am Vortag dem Redakteur in den Computer diktiert hatte. Ein sanftes Lächeln umschmeichelte bei der Lektüre seine Lippen.

Stadlhuber schlug in seiner Streitschrift einen weiten Theaterbogen vom sechzehnten ins einundzwanzigste Jahrhundert, lobte den Regisseur Leander Haußmann für dessen Romeo und Julia in den Neunzigerjahren am Staatsschauspiel in München und verriss alles andere in Bausch und Bogen. Er schloss: »Heute Abend wird sich zeigen, ob Stöckl seinem eigenen Anspruch und den Vorschusslorbeeren gerecht wird. Im Übrigen bin ich der Meinung, der junge Regisseur ist schlechthin überschätzt.« Ich ging nach Hause und duschte.

Den restlichen Vor- und Nachmittag verbrachte ich vor der Glotze: Jet Li im Blockbuster »Romeo must die«, anschließend »La Bohème« mit der Netrebko Anna.

Als Mitglied der Capulet-Familie musste ich auf der Bühne einen Bart tragen. Aber keinen flotten Dreitagebart, sondern mehr so einen Bart des Propheten. Weil die Capulets laut Harrys Regieanweisung eine islamische Terrorzelle gebildet haben. Jetzt darf man aber keine Witze über den Propheten reißen, weil sonst ja gleich wieder irgendwo die Flaggen brennen.

Auf der Bühne vor einem Riesenfindling im Amphitheater »Am Stoa« bei Edling, ein wenig außerhalb der Wasserburger Grenzen, hatte der Lipschitz ein in die Jahre gekommenes Veroneser Stadthaus nachbauen lassen. Zweihundert Premierengäste wurden erwartet. Hobbyvisagisten kümmerten sich in der Künstlergarderobe um die Schminke, Hobbynäherinnen passten Kleider an. Die männlichen Capulets trugen Kaftane, die weiblichen Burkas, während die Montague-Pradaschnitten ihren Männern die guten Brioni-Nadelstreifenanzüge herausgelegt hatten, weil sie so eine Art katholisch geprägte Mafia verkörpern sollten, ganz im Stile von Cosa Nostra und Marlon Brando in »Der Pate«.

Die Premiere war gut besucht, die Honoratioren um den Fußballpräsidenten sowie die mit Freikarten ausgestatten Stadtmütter und -väter saßen mit ihren Partnern auf den besten Plätzen. Gleich dahinter der Doktor Stadlhuber, seine Frau und der Fotograf von der Zeitung. Nachdem man sich ausführlich begrüßt hatte, der neueste Tratsch und Ratsch weitergetragen worden war, Nettigkeiten über das Sommerkleid oder die Krawatte ausgetauscht waren, kehrte auch auf den kostenlosen Sitzen Ruhe ein. Der Harry gab seinem Chor, der auf einer kleinen Anhöhe hinter der Bühne italienische Schlager sang, das verabredete Zeichen. Mitten im »Nel blu dipinto di blu« hielten die Interpreten inne und wechselten von einer Sekunde auf die nächste in einen geheimnisvollen Sprechgesang:

Zwei Häuser in Verona, würdevoll,
Wohin als Szene unser Spiel euch bannt,
Erwecken neuen Streit aus altem Groll,
Und Bürgerblut befleckt die Bürgerhand.
Aus beider Feinde unheilvollem Schoß
Entspringt ein Liebespaar, unsternbedroht,
Und es begräbt – ein jämmerliches Los –
Der Väter lang gehegten Streit ihr Tod.

Der Chor verweilte bis zum Ende des Schauspiels auf seinem Platz, formierte und gruppierte sich aber mehrmals um, sang je nach Anlass fröhliche oder traurige Lieder. »Live eingesungene Theatermusik«, nannte Harry diesen Regie-Einfall. Der Kritiker im Publikum verzog kein einziges Mal die Miene, schürzte nur manchmal die Lippen, zückte aber eifrig Block und Bleistift und machte sich Notizen. Bis zur Pause lief das Stück wie einstudiert. In der ersten Szene, dritter Akt, verflucht Mercutio seinen Vetter Romeo nach einem Schusswechsel mit mir als Tybalt: »Ich bin verwundet – Zum Teufel beider Sippschaft! Ich bin hin.« Wenig später knallt Romeo Julias Cousin aus Rache ab: »Weh mir, ich Narr des Glück!« So weit, so gut. Ich war raus, hatte meine Schuldigkeit getan, wurde hinter die Bühne getragen.

»Was habt ihr für einen Wein da?«, fragte ich meinen Freund Bruno Brunowski, der vorübergehend zusätzlich zur eigenen Wirtschaft in der Altstadt die Theaterkantine und das Catering am Stoa übernommen hatte. »Montepulciano«, gab Bruno heraus, »buonissimo.« Ich verkostete ein Achtel und warf ihm einen vorwurfsvollen Blick zu.

In der Pause schenkte ich auch Pinot Grigio aus. Den Gästen zählte ich die mediterranen Köstlichkeiten auf, die Brunos Koch zubereitet hatte. Der Kritiker und seine Frau, so lautete die Anweisung von ganz oben, durften umsonst essen und trinken. Zwei Vorspeisenteller spülte Stadlhuber mit drei Gläsern Grauburgunder hinunter. Seine Frau mahnte zu mehr Ruhe. Der Kritiker empfahl sich. »Geschäftlich«, wie er sagte. Ich konzentrierte mich wieder auf meine Verkaufsgespräche.

Bruno lobte mich später für die Umsetzung des angeblich von ihm kreierten Servicegedankens in der Eventgastronomie. Er bot an, mich als Sommelier einzustellen, falls das mit dem Detektiv nicht mehr funktionieren würde. Ich bemühte die Allegorie vom Kamel und Nadelöhr.

Endlich mahnte auch der Chor mit »That's amore« zum Weiterspielen, die Gäste nahmen pausenverpflegungsgestärkt langsam wieder Platz im Rund des Open-Air-Theaters. Statt gemütlich vor sich hinzuplätschern, nahm das Unheil auf der Bühne sofort volle Fahrt auf. »Tempo, Tempo, Tempo«, hatte der Harry uns in den Proben immer eingebläut. Nur keine Langeweile aufkommen lassen.

»Dies auf dein Wohl, wo du auch stranden magst! Dies meiner Lieben!«, sagte der liebeskranke Pankraz Charly und nahm einen guten Schluck aus seinem

Fläschchen. »O wackrer Apotheker! Dein Trank wirkt schnell. – Und so im Kusse sterb ich.« Er lässt sich auf den Boden fallen. Romeo stirbt im Todeskampf, den der Charly aber gar nicht richtig austrug. Ich hatte die Szene länger und stürmischer in Erinnerung. Im Vergleich zur Generalprobe fehlte ihr, so paradox es klingen mag, die Lebendigkeit. In Charlys Haut wollte ich jetzt nicht stecken. Der Harry wird ihn nach der Vorstellung bestimmt zusammenfalten. Noch aber lag er ja ausgestreckt auf der Bühne.

Es folgte der große Auftritt vom Schweighofer Alois als Fernsehprediger Lorenzo. Das mit dem Fernsehprediger, statt eines einfachen Mönchs, war auch so ein Regiekniff. »Helf mir Sankt Franz!«, flehte der Alois und schickte in eine Kamera ein paar Flüche. Gewohnt souverän meisterte er seinen Auftritt und bekam sogar Szenenapplaus dafür. Der Alois ist einer der beliebtesten und bekanntesten Menschen in der Gegend. Ich glaube, es gibt keinen Verein im Umkreis von zehn Kilometern, in dem er nicht als Vorstand oder wenigstens Kassenwart fungiert.

Julia entdeckt den toten Romeo. »Was ist das hier?«, fragt sie. »Ein Becher, festgeklemmt in meines Trauten Hand? – Gift, seh ich, war sein Ende vor der Zeit.« Sie rupft sich die Haare, drischt mit ihren Händen auf den Wächter ein und zieht in einem unbeobachteten Moment die Pistole aus Romeos Schulterhalfter. »O willkommner Dolch! Dies werde deine Scheide.« Julia setzt sich die Pistole an die Schläfe – und drückt ab. Sie fällt auf Romeos Leiche und stirbt.

Der Rest des Stücks sollte dann nur noch Routine sein. »Die Ernte einfahren«, war Harrys Redewendung für den letzten Dialog des Theaterabends, in dem sich die verfeindeten Familien am Grab ihrer Kinder versöhnen.

Als sich die Hauptdarsteller zum verdienten Schlussapplaus erheben und verbeugen sollten, aber einfach ineinander verschlungen liegen blieben, kniete ich mich zu Charly und Moni auf den Boden, rempelte sie an und befahl: »Aufstehen!«

Erst jetzt kapierte ich, was los war.

3

Der Polizeiobermeister Gabriel versuchte, den Tatort abzuriegeln, was keine leichte Aufgabe war. Viele schaulustige Theatergäste wollten noch einen Blick auf das tote Liebespaar werfen.

»Hier gibt's nichts zu sehen«, brüllte Gabriel in ein Megafon, das er um den Hals hängen hatte. Das wiederholte er gute Dutzend Male, bis endlich die Spurensicherung mit Blaulicht und Sirene ihren theaterreifen Auftritt hingelegt hatte. »Alles absperren«, befahl der Chef einer vier Mann starken Truppe noch im Aussteigen. Er hatte Angst, jemand würde ihm seinen Tatort kontaminieren. Jedenfalls betonte er das ständig. Die Kriminaltechniker führten sich auf, als wären sie die Detektive.

»Alles unter Kontrolle«, meldete der Polizeiobermeister dem Tatortchef, der gerade in einen weißen Overall schlüpfte. In wenigen Worten schilderte er, was vorgefallen war. Ich beobachtete das Polizeispektakel am Rande.

»Und dann sind sie nicht mehr aufgestanden?«, fragte der Techniker.

»Wahrscheinlich Selbstmord.«

»Das musst du schon uns überlassen.«

»Ich meine ja nur: Romeo und Julia. Wie es im Buche steht.«

Das sollte vermutlich ein Witz gewesen sein. Unter anderen Umständen hätte ich vielleicht darüber lachen können.

Als die Laborratten bereits mitten in der Arbeit steckten, der Gabriel unschlüssig in der Gegend herumstand, hie und da mal an den aufgestellten Scheinwerfern drehte, fuhren endlich der Kriminalhauptkommissar Valentin und sein Assistent Rossi vor. Stilecht in einem schwarzen Fünfer. Wie die Fernsehkommissare parkten sie ihre PS-Schleuder mitten im Getümmel. Rossi setzte sofort eine Sonnenbrille auf. Wahrscheinlich war er vom vielen Scheinwerferlicht geblendet. Valentin war mehr damit beschäftigt, sich den grauen Anzug glatt zu streichen. Gabriel trabte zu den beiden und machte auch bei ihnen Meldung.

»Gut gemacht«, lobte ihn Valentin dafür.

»Der Berger schon da?«, drückte sich Rossi um ein Hilfsverb.

»Der Berger?«, musste Gabriel nachfragen.

»So ein langer Dürrer. Glatze, Schnauzbart, unangenehm eitler Typ. Trägt immer weiße Anzüge.« Rossi lachte kehlig.

»Ach, der Berger«, sagte der Gabriel, »ja, der ist hier irgendwo.«

Sein Blick schweifte über das Theaterareal.

»Da!«, schaltete ich mich ins Polizeigespräch ein und zeigte Richtung Bühne. »Der fotografiert gerade.«

»Sherlock Watzmann«, seufzte Valentin.

»Verlassen Sie auf der Stelle …«, begann Rossi. »Den Tatort«, vollendete Valentin.

Die Kriminalkommissare warteten einen Moment, ob ich ihrem Ratschlag Folge leisten würde.

»Was ist jetzt?«, fragte Valentin nach einer Weile.

»Auf geht's«, meinte Rossi.

Ich blickte die Drei von der Tankstelle verständnislos an, bevor ich den Kopf schüttelte. »Geht nicht«, sagte ich und blätterte im Programmheft.

»Warum nicht?«, fragte Valentin böse.

»Weil Watzmann ein wichtiger Zeuge ist«, fiel es dem Gabriel endlich wieder ein.

Die Kriminalbeamten grinsten verächtlich, dann scannten sie mich mit Röntgenblicken, für die Herr Rossi eigens seine Sonnenbrille abnahm.

»Zeuge?«

»Dafür kann ich aber nix«, versuchte sich der Polizeiobermeister zu exkulpieren.

»Stimmt«, nahm ich ihn in Schutz, immerhin hatte er mir bei meinem ersten großen Mordfall in den Wasserburger Bierkellern das Leben gerettet, als ich gerade dabei war, Kassandras Leben zu retten. Schwamm drüber.

Der Hauptkommissar wollte wissen, was ich zur Falllösung beitragen könne. Ich erzählte ihm, so viel ich wusste: »Statt sich beim Schlussapplaus zu verbeugen, sind Charly und Moni einfach liegen geblieben. Erst da habe ich kapiert, was los war.«

Die Kommissare überlegten. Der Polizeiobermeister versuchte, sie dabei zu imitieren. Die beiden waren seine großen Vorbilder. Am liebsten wollte er auch ein

Kommissar sein. Dafür hätte er aber wieder die Polizeischulbank drücken müssen.

»Worin geht es in dem Stück gleich wieder?«, fragte schließlich der Oberkommissar.

»Romeo und Julia?«, sagte ich, um im selben Moment zu einer Erklärung anzusetzen.

»Nein«, fiel mir Valentin ins Wort.

»Der verkaufte Großvater«, meinte Rossi.

Die Polizisten konnten sich vor Lachen kaum halten. »Der war gut«, wieherten sie gemeinsam.

»Mei«, sagte ich gereizt. »Steht alles im Reclam-Heft.«

Das sei jetzt nur ein Spaß gewesen, entschuldigte sich Rossi. Außerdem wüssten sie es sowieso noch aus der Schule, vom Gymnasium angeblich. Aber nicht mehr so genau.

»Also gut«, ließ ich mich breitschlagen.

Die Beamten lauschten meinen Worten.

»Sie töten sich aus Liebe?«, staunte der Valentin, nachdem ich die Tragödie kurz für sie zusammengefasst hatte.

Ich nickte.

»Kannten Sie die Opfer, Herr Watzmann?«

»Nur von den Proben«, gab ich zu Protokoll. Wir hatten manchmal einen Kaffee oder ein Bier zusammen getrunken oder einfach bloß über unseren Regisseur gelästert. Ansonsten wusste ich nicht viel zu berichten. Sie waren noch auf der Schauspielschule in München. Die Moni im zweiten, der Charly im letzten Jahr.

»Selbstmord«, schoss Gabriel plötzlich scharf.

»Kannst du jetzt auch schon hellsehen?«, fragte ich ihn.

»Bestimmt nicht«, mischte sich die Glatze im weißen Overall ein. »Aber eine genaue Auswertung vom LKA gibt's sicher erst in ein paar Tagen. Habe die Ehre.« Die Weißen verschwanden zuerst in ihren Fahrzeugen und dann von der Bildfläche.

Jetzt warteten wir gemeinsam auf die Einschätzung des Rechtsmediziners, dessen Eintreffen im Kompetenzgerangel komplett untergegangen war. Aber auch der vertröstete uns auf später. Um einen Tipp bat ihn Valentin trotzdem.

»Das Mädchen hat sich erschossen, der Junge vergiftet. Fremdeinwirkung nicht ersichtlich«, diagnostizierte er trocken.

»Also doch Selbstmord«, sagte Gabriel stolz.

Auch den Kommissaren schien diese These schlüssig.

»Und wenn nachgeholfen wurde?«, wollte ich von den Polizeifreunden rein interessehalber wissen.

»Dann war es Mord«, hatte der Polizeiobermeister das letzte Wort am Freitagabend.

4

Im Morgengrauen riss mich die Haustürglocke aus dem Tiefschlaf. Ich starrte auf die Digitalanzeige des Weckers. »Ja spinn ich!«, lauteten meine ersten drei Samstagsworte. Die unchristliche Uhrzeit: drei Minuten nach sieben. Nur langsam quälte ich mich aus den Federn. Ich drückte den Öffner für den Hauseingang und wartete vor dem Fahrstuhl auf den Ruhestörer. Erster Stock, zweiter Stock. Dann dritter, vierter, endlich fünfter. Ein dumpfer Ton, und die Aufzugtür schob sich zur Seite. Ich erschrak. »Servus«, grüßte der Polizeiobermeister. In der rechten Hand hielt er eine schwarze Katze, in der linken eine Art Rührgerät. Auf dem Rücken trug er einen Rucksack.

»Können Bill und ich vielleicht ein paar Tage bei dir wohnen?«, bat er um Unterkunft. Dabei trug er sein traurigstes Gesicht zur Schau.

»Häh?«, lautete im ersten Schockmoment meine Gegenfrage. Ich war verwirrt, fühlte mich überrannt, hatte gute Lust, die beiden, Mensch und Tier, aus dem Haus zu werfen, antwortete in Gedanken, dass er wohl nicht mehr alle Tassen beieinander hätte.

»Meine Frau hat uns rausgeschmissen«, erklärte Gabriel kurz und bündig, während er sich an mir vorbei in die Wohnung drängte.

»Na gut«, sagte ich, schließlich sei man ja kein Unmensch.

»Das ist flott von dir«, lobte mich der Polizist, selbst die Katze grinste. Ich hasse solche Überfälle. Zum Gutmenschen degradiert, starrte ich noch einige Minuten in den leeren Aufzug. Dann seufzte ich leise, schlurfte zurück ins Schlafzimmer und fiel aufs Bett, wo es sich dieser Bill bereits bequem gemacht hatte. »Raus«, versuchte ich die Katze zu verscheuchen.

Keine dreißig Minuten später klopfte Gabriel an die Tür. »Der Kaffee ist fertig«, säuselte er. Diese Stimmlage kannte ich von ihm noch gar nicht. Normalerweise weckt er mit seinem Bass Tote. Vorsichtig ging ich zur Terrasse, wo mein ungebetener Gast zur großen Überraschung den Frühstückstisch gedeckt hatte. Es gab mangels Kühlschrankfüllung nicht wirklich viel zu essen: zwei profane Toastbrotscheiben, die als Tramezzini angepriesen wurden und mit viel Fantasie sogar als solche hätten durchgehen können. Dazu servierte Gabriel einen Espresso. »Gut«, lobte ich. Gabriel war aber schon Richtung Bad verschwunden, das er dann ewig blockierte.

»Wir müssen bei Gelegenheit reden«, sagte ich, nachdem mein neuer Mitbewohner das einzige Badezimmer nach etwa einer Stunde endlich wieder freigegeben hatte. Ich spritzte mir aus Zeitmangel nur schnell Wasser ins Gesicht und unter die Achseln, trug Deo auf, wechselte meinen Schlafanzug gegen Ausgehkleidung und verabschiedete mich.

»Musst du nicht los?«, fragte ich den Polizeiobermeister.

»Wieso?«

»Arbeiten!«, erinnerte ich ihn an seine polizeilichen Pflichten.

»Die wollen mich diesmal nicht dabeihaben, nicht wirklich.«

Gabriel ließ sich wirklich jedes Wort aus der frisch epilierten Nase ziehen. »Die haben bei der Kripo in Rosenheim eine Ermittlungsgruppe eingerichtet.«

»Lass mich raten«, sagte ich und überlegte laut: »SoKo Rosenheim.«

»SoKo Shakespeare.«

Wir schwiegen einen Augenblick gemeinsam.

»Und du?«, fragte ich dann.

»Ich bin nur der Hiwi.«

Gabriel ging mit der Zeitung auf die Toilette. Ich stand noch einen Moment dumm im Flur herum und machte mich anschließend auch auf den Weg. Für zehn Uhr hatte der Lipschitz sein Ensemble in die Theaterkantine einberufen. Wahrscheinlich wollte er jetzt den Krisenmanager geben, den Theatermanager ohne Furcht und Tadel.

Ich überlegte, ob ich mit dem Auto fahren sollte, entschied mich aber zu laufen.

Zwei Kellnerinnen sorgten rührend für das Wohl ihrer Gäste. Das zweite Frühstück blieb trotzdem weitgehend unangetastet. Der Bruno spendierte eine Runde Fernet-Branca, weil Magenbitter lustig mache.

Niemand traute sich, die Geschehnisse des Vorabends anzusprechen, bis der Intendant endlich aufstand. »Wir gehen rein«, sagte er bedeutungsschwanger. Schweigend folgten wir ihm in sein Theater.

Schauspieler, Techniker und Requisiteure setzten sich auf die Zuschauerplätze im Parkett. Sekundiert vom Stöckl Harry, der heute eigentlich in Urlaub nach Dänemark fahren wollte, positionierte sich der Lipschitz auf der Bühne. Nach einer viel zu langen Kunstpause ließ er den Theaterabend Revue passieren.

Er sei sehr stolz auf das Ensemble, betonte er. Und es sei die richtige Entscheidung gewesen, den Stöckl als Regisseur zu holen. Beifall. »Ich überlass' die Entscheidung euch«, schloss er seine Motivationsrede. »Ob wir weiterspielen oder das Ding abblasen.« Der Regisseur bat für ihn um Handzeichen. Dabei blickte er jedem tief in die Augen. »Eines ist klar«, meldete sich aber gleich wieder der Lipschitz zu Wort. »Wenn wir uns gegen Weiterspielen entscheiden, dann entscheiden wir uns auch gegen dieses Haus, gegen diese grandiose Spielstätte, gegen das Theater, im Prinzip gegen alles, was wir in den letzten Jahren gemeinsam aufgebaut haben. Die Einnahmen aus Romeo und Julia sind teilweise schon ausgegeben. Wahrscheinlich müssten wir den Laden zusperren.«

»Die Stadt könnte doch einspringen«, schlug ein junger Mann mit Bob-Marley-Frisur auf dem Kopf und einem Jamaika-T-Shirt über den dürren Schultern vor. Neben ihm saß eine süße Blonde.

Kuno Lipschitz verzog die Lippen zu einem schiefen Lächeln. »Hast du schon mal einem Nackten in die Tasche gelangt?«

Der junge Mann schüttelte den Kopf.

»Weitere Vorschläge«, forderte Lipschitz genervt.

»Vielleicht finden wir ja einen Sponsor, der die Ausfallkosten übernimmt«, versuchte ich es. »Meine ehemalige Sekretärin kennt sich sehr gut mit Finanzen aus. Ein Überbrückungskredit wäre doch vorstellbar. Ich könnte sie fragen …«

»Papperlapapp«, fiel mir der Intendant ins Wort und wischte meinen Vorschlag einfach so zur Seite. »Du kannst mir glauben, Watzmann, mehr Sponsoring geht gar nicht. Ich habe jede Klingel im Landkreis geputzt. Es ist heutzutage nicht mehr Geld für Kunst und Kultur im Topf. Im Gegenteil: Ich bin froh, dass mir unsere aktuellen Förderer noch die Stange halten.«

»Ich bitte um Handzeichen«, mischte sich nach langem Schweigen plötzlich der Jungregisseur wieder ins Geschehen ein. Verbot aber nicht der Anstand, den Theatersommer fortzusetzen? Ich für meinen Teil war gegen Weiterspielen. Trotzdem zeigten vereinzelt ein paar Hände auf.

»Ich bitte euch. Für Charly und Moni. Sie hätten gewollt, dass wir weitermachen. Die Bühne war ihr Leben«, ließ Lipschitz nicht locker und spielte mit dieser Unterstellung seinen letzten Trumpf aus. Stöckl zählte die Stimmen, ich verließ den Saal.

Später sagte man mir am Handy, dass ein Kompromiss geschlossen wurde: Am ersten Wochenende sollten die Vorstellungen ausfallen, danach würde es aber weitergehen. Eine knappe Mehrheit hätte das so entschieden. Als guter Demokrat musste ich mich dem Votum beugen, wenn schon nicht aus Überzeugung. Ich fürchtete die ganzen Spanner, die jetzt nur aus Sensationsgier ins Theater kommen würden. »Und wer spielt den Romeo?«, fragte ich zu guter Letzt meinen geheimen Informanten.

»Der Bob«, antwortete der Alois. Und diese eine süße Blonde spiele seine Julia.

5

Zur Beruhigung holte ich meinen Opel Diplomat doch noch aus der Tiefgarage. Im Schritttempo bewegten wir uns durch die Altstadtstraßen. Im Radio sang Madonna ein Lied über Regen. In den Gassen stand die Hitze. Das Fahrzeuggebläse gab alles und doch zu wenig. Damals, im Baujahr 1967, hatte man für fünfundzwanzigtausend Mark immerhin schon Scheibenbremsen mit hydraulischer Unterstützung bekommen, Echtholzeinlagen am Armaturenbrett, elektrische Fensterheber, von innen verstellbare Außenspiegel und Fußleuchten im Fond, aber leider noch keine Klimaautomatik. Also parkte ich den Wagen nach einer Stadtrunde am Penzinger See im Wasserburger Osten und stürzte mich in die Fluten. Gerne hätte ich beim Verlassen des Badesees einen ähnlich berauschenden Auftritt hingelegt wie seinerzeit James Bond in »Casino Royale«, aber mit Daniel Craig verbinden mich lediglich die blaue Badehose und die blauen Augen.

»Hast du abgenommen?«, vernahm ich beim kurzen Gang zurück zu meiner Liegematte eine Stimme.

Ohne mich nach Kassandra umzudrehen, antwortete ich: »Ich mache seit Neuestem jeden Abend Liegestütze.«

»Und Pilates für den Knackarsch.«

»Ist er dir aufgefallen?«

Sie lachte.

»Was gibt's Neues, Watzmann?«

Ich erzählte ihr die Kurzversion von Romeo und Julia. Kassandra, die erst eine halbe Stunde zuvor mit dem Zug aus St. Gallen nach Hause gekommen war, schien aber nicht sehr beeindruckt. Sie merkte nur an, dass diese Geschichte eben kein Happy End vertrage. »Nicht wie in deinen Hugh-Grant-Filmen.«

»Die Sache ist die«, das hatte ich vergessen zu erwähnen, »der Charly und die Moni sind in echt gestorben. Wahrscheinlich war es Selbstmord.«

»Das ist ja furchtbar«, sagte Kassandra leise, nachdem sie zunächst verstummt war. Tränen liefen über ihr Gesicht. Ohne Ziel starrte sie auf den See hinaus.

»Wir sollten uns vor voreiligen Schlüssen hüten«, riet ich zu Besonnenheit. Für alles gebe es eine Erklärung. Noch liege viel zu vieles im Ungewissen.

»Hast du schon einen Verdächtigen?«, bedrängte sie mich zuerst mit ihrer Frage, dann mit ihrem perfekten Körper. Ich atmete laut aus und schüttelte den Kopf.

»Ich werde die Polizeiarbeit diesmal der Polizei überlassen«, wollte ich gerade sagen. Aber schon beim Wort »Polizeiarbeit« kniff mich Kassandra in den Bauch, wo ein paar mehr Muskeln nicht schaden würden.

»Spinnst du?«, wurden wir gleichzeitig laut.

Ich bemühte mich, Kassandra klarzumachen, dass ich nicht vorhatte, in dem Fall zu ermitteln. »Falls es überhaupt ein Fall ist.«

»Natürlich ist es ein Fall«, zischte meine Halbtagssekretärin, aus der die hauptberufliche Journalistin sprach.

»Nur für den Fall, dass es ein Fall ist«, versuchte ich mich in einem Wortspiel. »Was sollte ich deiner Meinung nach unternehmen?«

»Jedenfalls nicht hier am Strand liegen und halb nackten Mädchen hinterhergaffen.«

»Die Maja kenne ich schon seit der Grundschule«, spielte ich den Empörten. Außerdem habe ich ihr nicht hinterhergegafft, nur geschaut.

Sie stand auf und ging, ich vertiefte mich in ein Buch über Al Capone. Nach drei Kapiteln legte ich die Biografie über den Superverbrecher aus Chicago zur Seite und schloss ein bisschen die Augen, um verlorenen Schlaf nachzuholen.

»Watzmann!«, weckte mich Kassandras sogenannte Halbnackte in der Abenddämmerung.

»Was gibt's?«, nuschelte ich verschlafen.

»Du hast geträumt.«

»Echt?«

Maja schien besorgt über das Geträumte.

Aus Verlegenheit fragte ich nach einer Schweigeminute, ob ich sie eventuell auf einen Kaffee einladen dürfte. Bei Gelegenheit. Irgendwann mal. Ein bisschen über alte Zeiten plaudern.

»Unbedingt«, sagte sie und gab mir ihre Handynummer.

6

Ich musste zweimal aufs Türschild schauen. Durch meine Wohnungstür drangen wunderbare Essensdüfte, obwohl eine Grundregel meines Junggesellenlebens lautet: Die Küche bleibt kalt. Ich kann nicht gut kochen. Noch mehr hasse ich den Abwasch danach. Und das Einkaufen davor. Andererseits sind Fertigprodukte die Geißel des Gourmets.

In der Küche stand der Polizeiobermeister und überwachte, soweit ich das überblicken konnte, mehrere Töpfe gleichzeitig. Er tat dies sehr ruhig und abgebrüht. Beinahe so, als wisse er, was er da machte. Sofort verscheuchte man mich aus meiner Küche. »Abendessen in dreißig Minuten«, kündigte der Chef an.

Die letzten fünf der dreißig Minuten, die ich nach dem Duschen noch zur freien Verfügung hatte, verbrachte ich mit der Auswahl der Garderobe. Natürlich würde ich mich nie in einer abgetragenen Jeans zu einem Dinner auf die Dachterrasse setzen. Ich entschied mich für den Glencheck-Anzug und schwarze Schuhe. »Never brown in town«, ist zwar eine tradierte Weißheit, aber deshalb noch lange keine falsche.

»Was hast du gezaubert?«, fragte ich.

»Come aperitivi«, fing der Gabriel an und schob »Aperol soda o Prosecco con Mirtillo?« nach. Ich staunte.

»Ich bin mit einer Italienerin verheiratet«, gab er eine Erklärung ab.

»Sauber«, war ich beeindruckt.

Frauen aus Italien genießen in unseren Breitengraden einen extrem hohen Stellenwert. Die müssen theoretisch nicht mal super aussehen. Allein das Prädikat »Italienerin« macht aus einer Durchschnittsfrau eine Sexgöttin. Ich selber hatte mal eine Freundin aus Italien. In den guten Schüleraustauschzeiten im letzten Jahrtausend. Sie hieß Valentina und hatte die mandelbraunsten Augen von Treviso.

»Hast du dich entschieden?«, riss mich der Koch aus den Gedanken.

»Aperol soda«, wählte ich. »Per favore.«

Gabriel brachte den Aperitif. Wir stießen an: »Salute!« Es war köstlich. Dann stolzierte mein neuer bester Freund wieder Richtung Küche.

Ich nutzte die Karenz, um über mein schönes Leben nachzudenken. Bislang war es ein ziemlich gutes Jahr gewesen. Die Theaterproben hatten trotz der Schinderei viel Spaß gemacht. Im Frühjahr hatte ich mit Kassandra wunderbare Städte besucht. London, Rom und vor allem Paris. Paris war super. Die Fälle, die ich als Detektiv zu bearbeiten hatte, waren mir leicht von der Hand gegangen. Ich hatte die richtige Work-Life-Balance gefunden.

Gabriel kündigte unterdessen die Vorspeise an, die er dann auch gleich servierte: Taleggio alla griglia con

Rucola e Geloni, sprich: gegrillten Taleggiokäse mit Rucola und Austernpilzen. »Buon appetito.«

Mit Gnocchetti con cipolla e pomodoro fresco ging es nach den Antipasti in die nächste Runde. Ich übersetzte: »Gnocchi mit Zwiebeln und frischen Tomaten.« So gut hatte ich schon lange nicht mehr gegessen.

»Wo hast du so kochen gelernt?«, wollte ich wissen.

»Von meiner Schwiegermutter«, hielt sich Gabriel aber weitgehend bedeckt.

Wir sprachen nicht viel beim Essen. Die Gnocchi waren göttlich. Und einen guten Augenblick sollte man einfach mal gelten lassen. Nicht immer sofort zerreden. Unter normalen Umständen hätte ich den Hauptgang trotzdem zurückgehen lassen müssen – Fleisch ist schon lange nicht mehr mein Gemüse. Doch allein der Anblick der »Medaglioni di filetto di manzo con prosciutto di Parma e tartufo nero« auf dem Teller vor mir ließ mich alle guten vegetarischen Vorsätze vergessen. Ich nahm Gabel und Messer in die Hände und fing an zu essen. Die Rinderfiletmedaillons mit Parmaschinken und schwarzem Trüffel zergingen auf der Zunge. Dazu tranken wir einen ausgezeichneten Chianti.

Erst nach der Crema Fiorentina brachen wir unser Schweigen.

Gabriel erzählte, dass er mit seiner Frau richtig böse gestritten hatte. So eine Art Rosenkrieg tobe. Zuerst habe Rita mit Kraftausdrücken um sich geschmissen, dann mit Tellern und Pfannen. Schließlich sei er samt seinem Kater aus dem Haus geflogen.

»Warum?«, fragte ich nach den Gründen.

»Der Mixer«, antwortete der Polizeiobermeister.

»Der Mixa?«, verstand ich. Wie der beliebte Bischof.

»Nein, der Mixer.«

»Ach so. Das Rührgerät.«

»Fünfter Hochzeitstag.«

Rita hatte wohl Diamanten aus dem Kongo oder Swarovski-Kristalle aus Wattens in Tirol erwartet.

Wir schwiegen, konnten das Schweigen jetzt aber nicht mehr so gut ertragen. Also redeten wir über die Arbeit. »Wieso bist du eigentlich Polizist geworden?«, verhörte ich den Polizisten.

»Weil ich mir die Polizeiarbeit aufregender vorgestellt habe. Immer draußen. Immer auf Verbrecherjagd. So ein bisschen wie Michael Douglas in den Straßen von San Francisco«, erklärte er. »Michael Douglas war mein großes Vorbild.«

Ich lachte, weil mein großes Vorbild Josef Matula auch ein Fernsehheld war.

»Deshalb die Detektivlaufbahn?«

»Das Detektivleben versprach Abenteuer und Freiheit. Schon als Kind habe ich jeden Krimi gelesen, den sie in der Schulbibliothek hatten. Im Studium habe ich mich dann sogar wissenschaftlich mit fiktiven und realen Kriminalfällen beschäftigt. Literaturwissenschaft im Haupt-, Kriminologie und Anglistik im Nebenfach.«

»Ach, ich habe immer gedacht, du hast Jura studiert oder Medizin.«

»Abgebrochen. Hat mich beides nicht so interessiert.«

»Kann ich verstehen.«

»Nach der Magisterprüfung habe ich mich gleich

bei der Polizei beworben, um als Kriminalist mein theoretisches Wissen in die Praxis umzusetzen.«

»Ist nicht wahr«, staunte der Polizeiobermeister.

»Doch. Ich wusste ja fast alles über Schwerverbrecher und wollte mich noch intensiver mit ihnen auseinandersetzen. Bei der Bereitschaftspolizei konnten sie aber keine Geisteswissenschaftler brauchen. Und beim BKA-Eignungstest in Wiesbaden bin ich in der zweiten Runde rausgeflogen.«

»Und jetzt?«

»Warte ich.«

»Auf das perfekte Verbrechen«, erriet Gabriel meine Gedanken.

»Ein Fall, mit dem man in die Kriminalgeschichte eingeht«, sagte ich pathetisch. Dann holte ich uns noch eine Flasche Rotwein, obwohl ich schon leicht bedudelt war. Andernfalls hätte ich vor dem Gabriel auch kaum mein halbes Leben ausgebreitet. Schon gar nicht die peinliche Polizeiepisode.

»Spielst du Schach?«, forderte ich ihn zu einer Partie auf, während ich die Gläser füllte. »Gelegentlich«, interpretierte ich als Zustimmung.

Wir machten ein paar Züge, einigten uns aber schnell auf Remis, vereinbarten ein Rückspiel und hockten uns dann auf die Wohnzimmercouch vor den Fernseher. Mitten im Samstagskrimi läutete Gabriels Handy. Es war irgendein Kommissar von der SoKo Shakespeare. Der Polizeiobermeister bekam seine Befehle. Und nebenbei die Information: fünfzehn Gramm Natrium-Pentobarbital bei Charly, Funktionsausfall des Zentralnervensystems als Folge des Kopfschusses bei Moni.

7

Bis vor wenigen Wochen joggte ich noch fast jeden Sonntagmorgen. Diesen Spaß hat mir aber ein Geherpärchen total verdorben. Dabei hatte ich lediglich versucht, an einer – zugegeben etwas engen – Stelle auf dem Fußweg am Inn entlang nach Attel zu überholen. Der Mann hatte seinen Titaniumstock geschwungen, während die Frau gleich verbal ausfallend wurde. Ich musste mich zwingen, die Augen von den Herrschaften abzuwenden – aus Angst vor Augenkrebs. Weil die Walker von heute sind mindestens die Neonfarbenskianzugträger von gestern. Und Ultraextremtouren-Wanderausrüstung ist in besseren Geher-Kreisen mehr als nur eine Frage der Ehre.

Statt etwas für die Figur zu tun, saß ich also auf einem Bänkchen am Inndamm und blickte abwechselnd auf das grüne Steilufer und in meine Sonntagszeitung. Neben mir hatte ich Kaffee, Butterbreze und Nussschnecke im rechten Winkel angeordnet. Ich genoss mein Frühstück und das schattige Plätzchen unter einem Baum. Buchen sollst du suchen. Fast hätte ich vor lauter Glückseligkeit Maja übersehen.

»Biene!«, schrie ich ihr nach.

Sie trug ein luftiges Sommerkleid, Sneakers und zwei rote Zöpfe. Ihren Begleiter bemerkte ich aber erst, als es schon zu spät war. Mit locker hundert Sachen stürmte er in meine Richtung und setzte sich nach einem Tigersprung auf mich, bevor er mein Gesicht mit grober Zunge abschleckte. So als wären wir die besten Freunde.

»Josef!«, versuchte Maja den Hund zu beruhigen. Der folgte aber nicht gerade wörtlich. »Sorry, Watzmann.«

»Ist das dein Hund?«

Maja nickte. Der Hund, ein blasser Berner Senn, machte es sich auf meiner Bank gemütlich. Mein Frühstück schien ihm auch zu schmecken, der Kaffeebecher war in den Sand gefallen, der Inhalt im Boden versickert.

»Lass uns ein paar Meter laufen«, schlug ich vor.

Wir gingen. Nur den Josef tangierte das gar nicht.

»Und dein Hund?«, fragte ich.

»Kommt später nach«, antwortete Maja. Wie sie den kenne.

Zunächst palaverten wir über Alltägliches. Schließlich, Josef hatte auf Höhe der Waldkappelle endlich aufgeschlossen, kamen wir auf das große Theaterunglück zu sprechen. Dass es mit dem Charly und der Moni mal so enden würde, hätte sie jetzt auch nicht geglaubt, begann Maja. Aber dass es nicht gut ausgehen würde, das schon.

»Wie meinst du das?«, fragte ich sicherheitshalber nach.

»Charlys Eltern waren ja von Anfang an dagegen.«

»Wogegen?«

»Gegen die Beziehung.«

Früher hatte Monis Vater im Autohaus von Charlys Vater gearbeitet. Das Betriebsklima soll aber nicht das beste gewesen sein. Also nahm der Öztürk Kemal, zu dem in der Stadt aber alle »Sepp« sagen, das Angebot der Bayerischen Motorenwerke an, ein eigenes Autohaus zu eröffnen. Seitdem herrscht Krieg zwischen den Familienlagern.

»Für den alten Pankraz muss es ein Schock gewesen sein«, merkte Maja an.

»Was?«

»Wo lebst du eigentlich, Watzmann?«

»Weiter im Text«, bat ich.

»Die Moni war angeblich schwanger. Der Charly der Vater.«

»Du spinnst ja«, stieß ich aus. Dann schwieg ich.

»So schweigsam«, sagte Maja nach einer Weile.

»Ich überlege.«

»Und?«

»Keine Ahnung.«

Seltsam war das alles schon, aber deshalb gleich ein Kriminalfall? Vielleicht wollten die zwei ihren Tod ja öffentlichkeitswirksam inszenieren. So wie es sich für lebensmüde Schauspieler fast gehörte. Molière war auch auf den Brettern gestorben, die für manche Menschen die Welt bedeuten. Während er den eingebildeten Kranken spielte. Das nenne ich Ironie des Schicksals.

In dem Augenblick klingelte mein Handy. Am anderen Ende der mobilen Leitung begann Kassandra ohne Punkt und Komma loszuschnattern. Ich musste sie kurz unterbrechen und bat um eine Zusammenfassung. Die lautete: »Ich habe einen Abschiedsbrief im Internet gefunden.«

»Von Charly und Moni?«, fragte ich.

»Nein, vom heiligen Geist«, sagte Kassandra.

Ich verabschiedete mich von Maja und machte mich sofort auf den Weg zurück in die Stadt zu Kassandra. Josef bellte eigens für mich zum Abschied. »Braver Hund«, musste ich ihn loben.

Der Abschiedsbrief war zwei Stunden vor der Premiere im Gästebuch der Theaterhomepage eingestellt worden. Kassandra zeigte mit ihren perfekt manikürten Fingernägeln auf den Bildschirm. Dort stand in etwa so viel geschrieben wie: Leben macht keinen Sinn mehr, Ärger ohne Ende, Karriere im Eimer, Verantwortung zu groß, für alle so das Beste.

»Schön«, sagte ich.

»Das stinkt doch zum Himmel, Watzmann. Wo Rauch ist, ist auch Feuer.«

»Ich sehe aber keinen Rauch, Sandra.«

So viel Päpstlichkeit war ich mir schuldig.

Kassandra tippte weiter auf ihrer Tastatur herum, gab Internet-Adressen ein, navigierte durch Ozeane aus Binärcodes, sprich: Nullen und Einsen. Plötzlich poppte ein kleines Fenster auf dem Bildschirm auf, aus dem der Großkritiker persönlich zu uns sprach.

Stadlhuber erklärte dem Interviewer vom Internet-Fernsehen seine Sicht der Dinge. Der Doktor der schönen Künste, wie ihn seine Bewunderer bewundernd und seine Feinde feindlich nannten – er hatte über die Komödien des Aischylos promoviert –, sprach über mögliche Selbstmordmotive und anschließend von einem Hochamt der Bühnenkunst in höchstmöglicher Vollendung.

Etwas Aufregenderes habe er in seinen dreißig Berufsjahren nicht erlebt. Stadlhuber fragte den Fragensteller: »Kann es etwas Radikaleres geben, als sich selbst der Kunst zu opfern?« Die Frage hatte aber eher rhetorischen Charakter, zumal der Kritiker die Antwort gleich selber gab: »Natürlich nicht.« Anschließend hob er den Charly und die Moni in den Adelsstand der Schauspielerelite. Man müsse die beiden jungen Mimen nun in einem Atemzug mit den ganz Großen nennen.

Kassandra, die sich als Journalistin sehr gut in der Medienwelt auskennt, erzählte mir, dass Stadlhuber sowohl für einen Herausgeberposten in Frankfurt als auch als Kulturchef bei einem bedeutenden Magazin in Hamburg im Gespräch sei. »Der Mord kommt für den genau richtig«, mutmaßte sie. Geradezu süchtig sei der Kritiker nach dem Rampenlicht. Ich bedankte mich für den Vortrag und ging nach Hause.

Auf meiner Dachterrasse spielte ich auf dem Laptop – angestachelt vom schmeichelhaften Remis des Vortags, das sich wie eine Niederlage angefühlt hatte – zur Übung eine Partie Battle-Chess. Erst danach genoss ich im Liegestuhl die Sommersonne und einen exakt gekühlten Silvaner aus dem schönen Franken. Die Polizei würde den Mord schon aufklären, redete ich mir ein. Falls es überhaupt ein Mord war.

8 Über meine Erlebnisse mit Frauen könnte ich ganze Frauen-Romane füllen, quasi Moppel-Ich für Schlanke. Bei Schuhen und Mänteln kenne ich mich dank Kassandra-Shopping-Begleittouren bestens aus: Schuhe sind figurunabhängig und deshalb so beliebt. Mäntel können Problemzonen kaschieren. Taschen: ein Traum. Beim Kleiderkauf wird es aber komplizierter – eine Angelegenheit für die beste Freundin.

Dass ein Mann mit mir shoppen gehen wollte, war aber noch nicht da gewesen. Ich traf den Lipschitz am Marienplatz in Wasserburg, in seinem Saab fuhren wir nach Rosenheim. Er hatte mitten in der Nacht bei mir angerufen, und ich hatte im Halbschlaf nicht mitgedacht, sprich: aufgelegt.

»Lass uns Hosen kaufen«, schlug der Intendant mitten auf dem Max-Josefs-Platz direkt vor dem Nepomukbrunnen voller Begeisterung vor. Das lenke von Problemen ab und beruhige.

»Aber das wird jetzt keine Wiederaufnahme von *Claus Peymann kauft sich eine Hose und geht mit mir essen?*«

Lipschitz reagierte nicht auf meinen Einwand. Nachdem er dann im Modeladen ein gutes Dutzend Stoffhosen von Hugo Boss probiert und sogar eine gekauft und dieselbe gleich angelassen hatte, steuerte er mit seiner alten Cordhose in der Plastiktüte unterm Arm direkt auf ein italienisches Lokal zu.

»Eine so bequeme und gleichzeitig so schicke Hose kann dich für lange Zeit sehr glücklich machen. Das musst du doch zugeben, Watzmann.«

»Ja, schon«, sagte ich uninteressiert.

»Einerseits das richtige Outfit, andererseits Romeo und Julia im Hinterkopf. Das macht schon Laune.«

»Die Hose sitzt perfekt. In Metzingen machen sie einfach wahnsinnig gute Hosen. Dir passt der enge Schnitt. Ich habe überhaupt keine Figur für das Enge. Du schon, Kuno. Du kannst und solltest solche Hosen tragen.«

»Findest du wirklich?«

»Absolut. In einer Boss-Hose kommen deine schlanken Beine am besten zur Geltung.«

Lipschitz war erleichtert. Vor ein paar Jahren war er ja noch in Fetzen herumgelaufen. Sein großes Vorbild war seit einer Regieassistenz am Wiener Burgtheater Claus Peymann. Was der Peymann machte, wollte auch der Lipschitz wenigstens einmal im Leben gemacht haben. Zum Beispiel in Begleitung Hosen kaufen. Nur bin ich halt kein Thomas Bernhard, der darüber gleich ein Dramolett geschrieben hat, sondern nur ein Provinzdetektiv von Gottes Gnaden.

Beim Mittagessen im Giornale unterbreitete mir der Lipschitz dann auch ein Angebot, das sehr überzeugend klang. Zwischen Maccheroni mit grünem Spargel und Panna cotta bat er mich, im »Mordfall« zu ermitteln.

»Kein Interesse«, hielt ich zunächst dagegen.

»Wie viel?«, fragte er nach meinen Honorarvorstellungen.

»Du blutest«, sagte ich und zeigte auf seinen Finger. Er hatte sich beim Durchblättern der Dessertkarte am Papier geschnitten.

»Ich kann kein Blut sehen«, fispelte er noch, bevor er fast vom Stuhl gekippt wäre. Ich rief sofort den Kellner und bat um Pflaster und Grappa. Der Intendant trank den Schnaps auf einen Zug aus, ich versorgte seine Wunde. Langsam kehrte wieder Farbe in sein Gesicht zurück. Sicherheitshalber wedelte ich dem Kuno mit der Karte etwas Luft zu.

»Danke, Watzmann«, bedankte er sich für die fachgerechte Verarztung.

»Geld interessiert mich nicht«, knüpfte ich bei meinen Honorarvorstellungen an.

Lipschitz nahm einen Schluck vom Sangiovese. »Mein Angebot ist eigentlich auch kein monetäres.«

»Sondern?«, hatte er meine Neugier geweckt.

»Du triffst die Netrebko. Wie hört sich das an?«

Mir blieb ein Stück Brot im Hals stecken. Jetzt musste der Lipschitz mich retten. Mit der flachen Hand klopfte er ein halbes Dutzend Mal auf meinen Rücken. Meine erste Nachfrage war nach meiner Rettung dann auch: »Ich treffe die Netrebko?«

Lipschitz schwadronierte über ausgezeichnete Beziehungen nach Salzburg, angeblich zum Festspielleiter höchstpersönlich. »Alles kein Problem.« Er ließ sich den Satz auf der Zunge zergehen. »Was ist jetzt?«

»Was soll sein?«, fragte ich noch immer ganz benommen.

»Übernimmst du den Fall?«

Ich sah mich bereits mit der Netrebko auf dem Mönchsberg hoch über Salzburg Händchen halten und auf die Stadt verträumt hinunterblicken. »Ja, ich will«, antwortete ich plötzlich wild entschlossen, nachdem ich noch eine ganze Weile weitergeträumt hatte.

»Na also«, kommentierte Lipschitz und kam zurück auf seine Hose. »Ich liebe meine neue Hose. Willst du mal fühlen, wie gut die sich anfühlt? Ich finde ja, ehrlich gesagt, Hosenprobieren anstrengender als Theaterproben. Beim Theater ist es egal, ob wir den Shakespeare einstudieren oder den Kleist oder den Kroetz, das ist schon auch anstrengend. Aber Hosenprobieren ist die Härte. Ich bin dir echt dankbar, Watzmann. Und …«

»Und du glaubst wirklich, dass es Mord war?«, unterbrach ich ihn. Was interessierten mich seine Hosen?

»Kein Zweifel«, antwortete er.

»Was macht dich da so sicher?«

»Mein Gefühl, Sherlock.«

»Das ist alles? Dein Gefühl?«

»Watzmann«, flüsterte der Intendant, »das bleibt jetzt aber unter uns.«

Ich versprach es.

»Die Moni und ich …«

»Was ist mit euch?«

»Wir haben halt miteinander gevögelt«, platzte es aus Lipschitz heraus. »Bis zur Besinnungslosigkeit, wenn du's genau wissen willst.«

So genau wollte ich es tatsächlich wissen. Trotzdem fehlten mir irgendwie die Worte. »Du bist doch verheiratet, Kuno«, sagte ich, nachdem ich sie wiedergefunden hatte.

»Ich habe meine Frau verlassen.«

Zurück in Wasserburg, ging ich direkt ins Venezia. Zwei Kugeln Zitroneneis mit Schokoladensoße für die Nerven. »Tutto bene?«, fragte mich der Capo.

»Alles easy«, antwortete ich und verlor mich in meinen eigenen Gedanken.

9

»Aloha«, grüßte Gabriel ganz zivil gekleidet und schwang seinen angeblich vom Taekwondo gestählten Körper auf den Stuhl neben mir.

»Sind Hawaiihemden gerade wieder in Mode?«, fragte ich.

»Da kannst du Gift drauf nehmen.«

»Kein Dienst?«

»Resturlaub.«

Der Obermeister wirkte extrem locker und bestellte bei der hübschen Bedienung einen Erdbeerbecher. Diese neu entdeckte Lockerheit gefiel mir gar nicht.

»Und wo parkt dein Ferrari?«, musste ich den Magnum-Verschnitt herausfordern.

»Welcher Ferrari?«, wusste Gabriel keine Antwort.

Viel redeten wir nicht in den nächsten Minuten. Nur so viel, dass er keine Lust auf Handlangerdienste für die Sonderkommission hatte, die zudem eigene Leute nach Wasserburg schicken wollte. »Ich halte mich da raus. Sollen die schauen, wo sie bleiben.«

»Dann kannst du ja ab sofort für mich arbeiten.«

»Was soll das heißen? Also konkret.«

»Freie Wirtschaft, Magnum. Privat statt Staat.«

»Lieber nicht, Watzmann. Einmal Bulle, immer Bulle.«

»Wenn du weiter den Gendarm spielen willst, packst du am besten gleich deine Sachen. Ich führe eine Detektei und keine Pension für Provinzbullen.«

»Aber wo soll ich sonst hin?«, fragte Gabriel larmoyant.

»Zurück zu deiner Angetrauten.«

»Unmöglich.«

»Ihr seid verheiratet. In guten wie in schlechten Tagen. Schon vergessen?«

»Da kennst du die italienischen Frauen schlecht.«

Ich schlug vor, er solle zu einem Freund ziehen. Er sagte, ich sei sein einziger.

Nach einer ganzen Weile, die wir wortlos miteinander verbrachten, meinte der Polizeiobermeister endlich, dass er einverstanden sei, für mich zu arbeiten. »Wenn ich noch ein paar Tage bei dir wohnen darf.«

»Abgemacht«, stimmte ich zu.

Wir schlugen ein und blickten uns ernst in die Augen.

»Keine Tricks.«

»Welche Tricks?«

In dem Moment rumpelte Kassandra an unseren Tisch. »Ist bei euch zu viel gute Laune ausgebrochen?«

»Darf ich vorstellen: Privatdetektiv Gabriel. Tarnname: Magnum.«

»Wie das Eis?«

»Wie Tom Selleck in Magnum«, musste ich erklären.

Gabriel stand auf, gab Kassandra einen Handkuss

und meinte, sie dürfe jetzt auch Hercule Poirot zu ihm sagen. »Oder Nick Knatterton«, ergänzte ich.

»Dreht ihr zwei jetzt komplett durch?«, kommentierte sie. »Könnte mich mal jemand aufklären.«

Ich kicherte.

»Du bist so ein Depp, Watzmann«, schimpfte sie erst, nur um sich schon im nächsten Moment nach ihren Aufgaben zu erkundigen.

»Gut aussehen«, kam mir als erster Gedanke in den Sinn und leider auch über meine sonst so verschlossenen Lippen.

»Haha. Ich lach mich tot.«

»Gehen wir der Einfachheit halber mal davon aus, dass es doch Mord war«, sagte ich.

»Woher der plötzliche Sinneswandel?«, erkundigte sich Kassandra.

»Dinge ändern sich. Menschen ändern sich. Meinungen ändern sich.«

»Aber du nicht, Watzmann. Du änderst dich nie. Nicht in hundert Jahren.«

»Schwamm drüber«, setzte ich einen schnellen Schlussstrich unter diese Debatte. »Verteilen wir lieber die Rollen in unserer kleinen Mordermittlung.«

»Bad cop, bad cop«, schlug Kassandra vor und deutete auf Gabriel und mich.

»Dreamteam«, stöhnte Gabriel.

»Nicht mal im Traum«, schwante Kassandra schon zu Beginn Böses.

Weil wir uns nicht einig werden konnten, verteilte ich kurzerhand die Aufgaben: Gabriel sollte sich um die Familie Pankraz kümmern, Kassandra sich des Doktors Stadlhuber annehmen. Ich würde den Rest übernehmen. Vor lauter Pläneschmieden hätten wir beim Aufstehen beinahe vergessen zu zahlen.

»Neun Euro macht das bitte.«

»Dieci«, ließ ich mich nicht lumpen.

10

Freundlicher als im Autohaus Pankraz ist der Polizeiobermeister Gabriel in seinem ganzen Leben noch nie begrüßt worden. Charlys Vater sah in ihm wohl einen potenziellen Kunden. Statt Bermudas und Hawaii trug der Gabriel einen Leinenanzug, der alles in allem ganz passabel zu ihm passte. »Ich sehe schon«, kam, sah und sagte Knut Pankraz. »Sie sind mehr der Geländewagentyp. Bodenständig, durchsetzungsfähig, leistungsstark. Habe ich recht, oder habe ich recht?«

Gabriel musste wenigstens einen Moment nachdenken, bevor er mit einem breiten Grinsen zustimmte. »Da haben Sie verdammt recht, Herr Pankraz.«

»Kennen wir uns?«, fragte der Autohändler.

»Nicht persönlich«, meinte Gabriel.

Die beiden Männer spazierten durch den Verkaufsraum. In der Geländewagensektion blieben sie stehen. Pankraz spulte mit dem gestählten Wissen des Profiverkäufers die technischen Daten herunter, die Gabriel durchaus beeindruckten.

»250 PS?«, fragte er nach.

»Und über 200 Spitze, was Wahnsinn ist für ein SUV.«

»SUV?«

»Sports Utility Vehicle.«

»Verstehe.«

»Wenn Sie mich fragen, Herr ...«

»Gabriel.«

»Herr Gabriel. Unter uns: Ein besseres Auto hat Mercedes nie gebaut.«

»Und der Verbrauch?«

»Elf Liter.«

»Nicht schlecht.«

»Probefahrt gefällig, Herr Gabriel?«

Gabriel überlegte kurz, bei wem er mit dem Auto am meisten Eindruck schinden konnte. Eine Stadtrundfahrt sollte es auf jeden Fall sein. Zweimal am Stechl Keller vorbeicruisen. Da sitzen ja immer ein paar Schaulustige auf den besten Plätzen.

»Was soll denn der Spaß kosten?«, besann sich Gabriel dann aber doch noch seiner finanziellen Möglichkeiten.

»Kommt drauf an. Wollen Sie den Wagen finanzieren?«

»Müsste ich wohl.«

»Dann können wir nicht so viel nachlassen.«

»Schade.«

»Ich mache Ihnen trotzdem ein Superangebot, Herr Gabriel.«

Pankraz lotste Gabriel in sein Büro, überreichte dort als Erstes einen Oldtimer-Kalender und bot anschließend Kaffee, Tee oder Mineralwasser an. Gabriel entschied sich für Earl Grey, weil ihm der Name so gut gefiel.

»Summa summarum«, meldete sich Pankraz zu Wort, nachdem er sich eine ganze Weile hinter seinem Computerbildschirm verschanzt hatte. »So wie der Wagen dasteht. Mit Klimaautomatik, Soundsystem, Schiebedach und Allradantrieb ...« Er machte eine Pause. »Weil Sie es sind, Herr Gabriel, fünfundsechzigtausend.«

Gabriel wirkte gefasst.

»Sie zahlen vierzigtausend an, den Rest über drei oder vier Jahre in Raten.«

»Ich überleg's mir«, log Gabriel. Ein so teures Auto – aktuell fuhr der Obermeister Fahrrad – vertrug sich bei aller Liebe nicht mit seinem Beamten-Budget. Er war kein korrupter Bulle. Gabriel hätte sich nie zu krummen Touren hinreißen lassen. Trotzdem zückte er jetzt seinen Dienstausweis: »Eigentlich brauche ich gar kein Auto. Eigentlich ermittle ich im Mordfall Ihres Charly.«

Charlys Vater starrte ihn feindselig an. Die Kollegen seien längst bei ihm gewesen. Gabriel antwortete, dass Vertrauen gut, Kontrolle besser sei. »Wir nennen es das Vier-Augen-Prinzip«, erklärte er.

»Sie sagten Mord?«, interessierte sich Knut Pankraz nicht für Polizeiinterna.

»Wir gehen davon aus.«

»Was macht Sie da so sicher?«

»Nennen Sie es, wie Sie wollen. Wir nennen es: Erfahrungswerte.«

»Schuld ist dieses Luder«, keifte Pankraz.

»Welches Luder?«, hakte Gabriel nach.

»Diese Öztürk-Schlampe.«

»Sie meinen die Moni?«

»Diese Hure!«

»Verstehe ich jetzt nicht.«

»Charly war ein guter Junge. Der beste, den man sich nur wünschen kann. Bis er angefangen hat, dieses Mädchen nach Hause mitzubringen. Sie hat ihm den Kopf verdreht. Der Junge konnte doch nicht mehr klar denken. Der war abhängig. Das hat sie ausgenutzt. Eiskalt war die. Um die ist es nicht schad'. Ich bin froh, dass sie tot ist.« Nur sein eigenes Leben mache jetzt keinen Sinn mehr. Für den Charly habe er das alles hier aufgebaut, wenn er es sich genau überlege.

Während Gabriel sich die nächste Frage überlegte, hatte der Pankraz schon den Wandtresor geöffnet und eine Pistole herausgezaubert, die er sich an die Stirn setzte. Gabriel war so mit sich selbst beschäftigt, dass er den Pankraz für den Moment gar nicht richtig wahrnahm. Erst als der Selbstmörder schon abgedrückt hatte, schreckte mein Hobbydetektiv aus seinen Gedanken.

»Scheiße«, fluchten Pankraz und Gabriel gleichzeitig. Die Pistole hatte eine Ladehemmung. Knut Pankraz fummelte am Schlitten herum und setzte sich dann die Waffe wieder an die Schläfe. Das wird ja in selbstmörderischer Absicht oft falsch gemacht. Beim seitlichen Einschuss passiert es nämlich gern, dass du blind oder deppert im Krankenhaus aufwachst, aber nicht tot bist.

Gabriel nutzte die Gunst der Sekunde, hechtete über den Schreibtisch und kämpfte mit Pankraz um die Pistole. Dank fernöstlicher Kampfkunsttechniken war es für den Polizeiobermeister kein großer Aufwand, sich gegen den schmächtigen Autoverkäufer durchzusetzen.

Er hielt Charlys Vater noch einige Zeit im Schwitzkasten, bis der sich endlich beruhigt hatte und hoffnungslos zu weinen anfing.

»Selbstmord ist keine Lösung«, redete ihm Gabriel ein. Pankraz heulte Rotz und Wasser. Er bat den Polizeiobermeister, ihn nach Hause zu seiner Frau zu fahren. Die wolle sicher auch noch etwas zu dem Thema sagen.

»Könnten wir eventuell den Geländewagen nehmen?«, fragte Gabriel.

Pankraz gab ihm die Schlüssel.

»Super«, freute sich der Obermeister.

»Eigentlich ist es ein Diesel«, korrigierte ihn der Autohändler, bevor sie in der M-Klasse verschwanden.

11

Kassandra genoss die Fahrt im Sommerwind durch die voralpenländische Moränenlandschaft. Ihren betagten Peugeot hatte sie gegen eine Vespa eingetauscht. »Für mich reicht's«, begründete sie den Wechsel von vier auf zwei Räder. »Und im Winter nehme ich den Bus.« Wahrscheinlich wusste sie nicht, dass der öffentliche Nahverkehr in unseren Breiten zwar pünktlich, aber nicht ewig verkehrt. Auf gar keinen Fall aber noch zu später Stunde, geschweige denn nachts. Also kein Ausgehen bis in die Puppen.

Kassandra trägt ihr Herz mitten auf der Zunge. Ihr Markenzeichen ist neben der Radiostimme das lange blonde Haar, das jetzt aus dem Rollerhelm lugte. Sie grüßte kurz, als sie an mir vorbei Richtung Innbrücke kurvte.

Natürlich wählte sie den Weg über die Landstraße durch Alteiselfing nach Halfing. Dort bog sie in der Ortsmitte links ab gen Amerang, wo sie neben Automobil- und Bauernhausmuseum auch noch ein Schloss haben. Auf halber Strecke setzte sie den Blinker und nahm rechterhand einen Waldweg, der sie direkt ans Ziel führte.

Ihr Gefährt parkte sie vor einem Einödhof aus dem siebzehnten Jahrhundert, den die Mutter unseres Theaterintendanten nach vielen Generationen in Familienbesitz für wenig Geld verkaufen musste. Als Folge der finanziellen Verluste in der Landwirtschaft wegen des unverschämt geringen Milchpreises. Der Lipschitz hatte, bevor er seine Leidenschaft für die Schauspielerei entdeckt hat, Agrartechnologie in Weihenstephan studiert. Und im Anschluss erst Theaterwissenschaften und Kulturmanagement.

Kassandra nahm den Helm ab und schüttelte ihr Haar. Lange bevor sie die Türklingel, eine ehemalige Kuhglocke, auch nur annähernd erreichte, wurde die wuchtige Holztür mit Messingbeschlägen bereits aufgerissen. Eine sehr alte Frau streckte ihr überschminktes Gesicht ins Freie und verkündete höflich, aber bestimmt: »Wir kaufen nichts!«

Kassandra, selbst nicht auf den Mund gefallen, entgegnete blitzschnell, dass das ganz in ihrem Sinne sei, weil sie auch gar nichts verkaufen, sondern lediglich mit dem Herrn des Hauses ein paar Takte wechseln wolle.

»Sind Sie Musikerin?«

»Nein, wieso?«

»Ich bin jedenfalls nicht zuständig«, erklärte die Oma etwas weniger schnippisch.

»Mein Name ist Kassandra …«, wollte sich Kassandra gerade vorstellen, als die Greisin sie unterbrach.

»Die Tochter des trojanischen Königs Priamos und der Hekabe. Schwester von Hektor, Polyxena, Paris und Troilos. Im Tempel der Athene vergewaltigt von Ajax dem Lokrer. Später in einem Bad in Mykene erdolcht von Klytaimnestra und ihrem Geliebten Aigisthos. Niemand schenkte ihren Vorhersehungen Glauben. Was ist mit Ihnen?«

»Ich kann nicht hellsehen.«

»Glück gehabt.«

Für einen Moment war Kassandra sprachlos. In der Alten erkannte sie ein Stück weit sich selber wieder – gewiss in einer eher späteren Version.

»Sagen Sie doch einfach Sandra zu mir. Das macht die Sache vielleicht leichter. Alle meine Freunde tun das.«

»Wir sind keine Freunde. Meinen letzten Freund habe ich vor zehn Jahren beerdigt. Einen Jura-Professor. Strafrecht und Strafprozessrecht.«

»Verstehe«, sagte Kassandra und verstand doch nicht so richtig.

Zur allgemeinen Erleichterung schaltete sich endlich eine zweite Frau in das Wortgefecht ein. »Oma«, pfiff die Frau des Großkritikers Paul Stadlhuber ihre Großmutter zurück. »Du wolltest doch fernsehen. Deine Gerichtssendung fängt gleich an.«

Die Alte warf einen langen Blick auf ihre mit Edelsteinen besetzte Armbanduhr von Tiffany, wo sie als junge Frau lange vor Audrey Hepburn selbst einmal gefrühstückt hatte, und verschwand anschließend wort- und grußlos ins Wohnzimmer.

»Entschuldigen Sie, meine Großmutter wird langsam alt«, entschuldigte sich Frau Stadlhuber bei Kassandra.

»Wie alt ist sie denn?«

»Der Jopi Heesters ist einiges jünger.«

»Doch so alt.«

»Was führt Sie zu uns?«, fragte die Hausherrin.

»Ich bin Reporterin bei Radio Altstadt. Vielleicht kennen Sie unseren Sender«, stellte sich Kassandra mit ausgestreckter Hand vor.

»Freilich. Die Oma hört manchmal das Hip-Hop-Programm. Sie hört schlecht. Aber sie mag den Beat.«

Mausi Stadlhuber schüttelte Kassandras Hand.

»Mein Mann ist nicht zu Hause.«

»Darf ich vielleicht trotzdem kurz reinkommen?«

Mausi nickte, trat einen Schritt zur Seite und bat Kassandra in die gute Bauernstube.

»Schön haben Sie's hier«, kommentierte die Journalistin, während ihr Blick die massive Eckbank und das riesige Kruzifix im Herrgottswinkel taxierte. In der Stube stand auch ein Schrank mit alten Pistolen.

»Funktionieren die noch?«, fragte Kassandra.

»Mein Mann behauptet es«, antwortete die Hausherrin. »Antike Waffen sind sein Hobby.« Dann erzählte sie unaufgefordert: »Ich persönlich wäre ja lieber in Schwabing geblieben. Mir ist das hier alles zu rustikal. Aber mein Mann hat sich das Landleben schöngeredet. Unbedingt wollte er rausziehen. Da kam ihm das Angebot von Kuno Lipschitz gerade recht. Seine Familie musste verkaufen, Paul wollte kaufen.«

»Warum?«

»Das frage ich mich auch. Keine Ahnung. Ich würde am liebsten sofort wieder verkaufen. Aber finden Sie mal jemanden, der über eine Million für ein zwar komplett renoviertes, aber doch irgendwie altes Bauernhaus am Arsch der Welt zahlt. Wir müssten schon weit unter Wert verkaufen. Und das will ich nicht.«

Kassandra wollte wissen, wo sich ihr Mann gerade aufhalte. Frau Stadlhuber lachte und antwortete, dass sie das nur ahnen könne. Entweder bei seinem Anlageberater in Liechtenstein oder zum Small-Talk in Berlin oder – was am wahrscheinlichsten sei – bei irgendeinem Flittchen in München.

12

Während sich meine Partner prächtig amüsierten, musste ich für das kommende Wochenende, für die Wiederaufnahme von unserem Shakespeare, proben. Die zweite Garde, die jetzt als Romeo und Julia ihre Chance bekam, wollte die erste vergessen machen.

Freilich waren der Robert »Bob« Hanslmeier und die Schmidt Susi sehr talentierte Nachwuchsschauspieler, hervorgegangen wie so viele spätere Künstler aus dem Grundkurs »Dramatisches Gestalten« am Luitpold-Gymnasium. Trotzdem mochte ich sie nicht besonders. Sie ließen uns ständig spüren, dass sie Amateurschauspieler für Deppen hielten. Die beiden hatten die Aufnahmeprüfung am Max-Reinhardt-Seminar in Wien bestanden. Die Ausbildung sollte im Herbst beginnen.

»Mehr Action«, brüllte unser Regisseur in bester Hollywoodmanier die vom Mord noch immer leicht geschockte Schauspieltruppe zusammen. »Das ist Bullshit. Scheiße. So kann ich nicht arbeiten.«

Mir brauchte der Stöckl gar nicht so zu kommen.

So ein großer Regiestar war er dann auch nicht. Da konnte ihn der Stadlhuber heute in seiner Kritik noch so feiern. Ich habe schon mit ganz anderen Regisseuren gearbeitet.

»Mei, is mir fad«, gab ich dann auch in der Pause, die wir gemeinsam in der Theaterkantine mit zu viel Averna verbrachten, den vielleicht nicht allerklügsten Kommentar ab. Unklug, weil ich dem Stöckl Harry direkt gegenübersaß, diesem Jahrhunderttalent.

»Was sagst du da, Watzmann?«, schrie also der Stöckl.

»Fad ist mir halt.«

Den wechselnden Gesichtsfarben nach zu urteilen, war der Stöckl kurz davor, den Verstand zu verlieren oder im besten Fall komplett auszurasten. In letzter Sekunde entschied er sich für Letzteres und flippte komplett aus. Er war eben ein leicht reizbares Bürschchen, Rumpelstilzchen vergleichsweise der Dalai Lama.

Harry und ich standen uns in bester Ego-Shooter-Pose gegenüber. Wer würde als Erster ziehen? Nur aus Schamgefühl und Rücksicht auf die guten Sitten behalte ich den genauen Wortlaut von Stöckls Blut-, Schweiß- und Tränenrede für mich. Jugendfrei war der Inhalt nicht. »Ruhig Blut«, versuchte ich das Tobsuchtmännchen zu beruhigen.

»Arschgeige«, schrie mich der Regisseur an und stampfte mehrmals mit dem rechten Fuß auf den Kantinenboden, bevor er wutschnaubend nach draußen stürmte. Ich schickte ihm einen Scheibenwischer hinterher.

Lipschitz, der, vom Lärm aufgeschreckt, sein Büro

verlassen und das Schauspiel aus sicherer Entfernung mitverfolgt hatte, zuckte mit den Schultern.

»Tja«, sagte er.

»So ein Choleriker«, sagte der Schweighofer Alois.

»Aber echt hey«, sagte ich.

Der Rest der Proben verlief vergleichsweise gesittet. Das kennt man ja von den Cholerikern. Ich meine, dass sie sich dann auch schnell wieder beruhigen.

Genau wie der Harry ist auch der Bob noch nie ein Sympathieträger gewesen. Tobsuchtsanfälle waren seine Sache aber nicht. Er pflegte mehr die Attitüde des coolen, leidenschaftslosen, beckmesserischen Sohnes aus gutem Hause, dem eh alles, sorry, am Arsch vorbeigeht.

»Das geht doch mir am Arsch vorbei«, hörte man ihn praktisch alle fünf Minuten sagen. Das Einzige, was ihm nicht am Arsch vorbeiging, war die Schauspielerei, seine Freundin Susi, die er eifersüchtig bewachte, und der Joint zum Bier am Abend. Zum Che-Guevara-T-Shirt trug er je nach Wetterlage eine kurze oder lange Baggy und Flip-Flops an den Füßen. Dazu hat es naturgemäß wahnsinnig gut gepasst, dass ihn seine Eltern auf den Namen Robert getauft haben, sprich: Bob wie Marley.

»Religion geht mir total am Arsch vorbei«, erläuterte mir der Bob nach der Probe im Theaterbiergarten seine Sicht der Dinge. Deshalb sei er auch mit Harrys religiös aufgeladener Inszenierung nicht glücklich. Doch als Schauspieler müsse man eben spielen, was der Regisseur vorgibt.

»Ober sticht Unter«, fasste ich zusammen und tat so, als hätte ich gerade erklärt, was die Welt im Innersten zusammenhält.

»So ist es leider. Viva la revolución. Friede den Hütten, Krieg den Palästen. Scheißkapitalismus.«

»Ich habe kein Problem mit Geldverdienen.«

»Mein Herz schlägt links«, entgegnete Bob voller Inbrunst.

Ich musste lachen und bestellte bei Bruno eine Flasche Brunello.

»Zwei Gläser.«

»Naturalmente, Watzmann.«

Den Rotwein ließ sich der Salonlinke, der über Geld und Aktien nur verächtlich sprach, dann aber munden. Endlich konnte ich zur Sache kommen.

»Wie gut kanntest du die Moni?«

»Nicht so gut«, entgegnete Bob. »Nur was man halt so hört.«

»Und was hört man so?«

»Ich bin hier nicht der Informationsminister.«

Ich nickte und sagte erst mal nichts mehr. Der Bob konnte die Stille und meinen bohrenden Blick aber nicht verkraften.

»Soviel ich weiß, soll die Moni ein Verhältnis gehabt haben.«

Das wusste ich bereits: mit dem Lipschitz.

»Mit dem Stöckl«, sagte Bob sehr leise.

Ich fiel beinahe aus allen Wolken. Der nächste Schluck war ein ziemlich intensiver. Ja, spinn ich. »Mit unserem Regiehelden?«

»Angeblich. Aber nichts Genaues weiß man nicht. Die Leute sagen's halt.«

»Und ich habe immer gedacht, dass der total konservativ ist. Familienglück und Eheleben und so.«

»So kann man sich täuschen, Sherlock.«

Offensichtlich.

»Bist du dir ganz sicher, Bob?«

»Schon.«

»Ich kann's fast nicht glauben.«

»Glauben ist Glaubenssache«, sagte der neue Romeo zum Schluss fast weise.

»Hasta la victoria siempre«, sagte ich Servus auf Kubanisch und stand auf.

13

Es soll ja Menschen geben, die ganz ohne modernen Schnickschnack wie Plasmafernseher oder Mobiltelefon auskommen. Shaker, genau, so heißen solche Leute. Ich jedoch bestellte meine Hilfs-Detektive mit einer Kurznachricht zum Rapport auf neutralen Boden. Ich hielt es für unklug, dass man uns mitten in der Stadt zusammen sah. Es musste ja nicht gleich jeder von unserer Kooperation wissen. In dreißig Minuten an der »Schönen Aussicht«, schrieb ich in meine SMS. Dort oben hat man erstens wirklich eine schöne Aussicht auf die Altstadt und zweitens seine Ruhe. Weil die Ausflügler hauptsächlich am Wochenende und an Feiertagen den Blick vom hundert Meter hohen Steilufer genießen.

Zehn Minuten nach mir stellte Kassandra ihren Roller auf dem Parkplatz ab. Gabriel traf weitere fünfzehn Minuten später ein, dafür aber mit dem Geländewagen.

»Zur Ansicht«, vermarktete er seinen persönlichen Beitrag zur Klimakatastrophe.

»Ich find's eigentlich ganz gut«, erklärte sich Kassandra.

»Was genau?«, fragte ich.

»Das schöne Wetter. Sommer schon im Frühling.«

»Und die Hitze?«, stöhnte ich.

»Sei nicht immer so negativ, Watzmann«, kritisierte mich die Moderatorin vom Lokalfunk.

»Wenn's aber nun mal wahr ist«, sagte ich leicht ärgerlich.

In meinem Schlafzimmer unterm Dach herrschten seit Wochen Rekordtemperaturen. Trotzdem lenkte ich schnell den Blick aufs Wesentliche und bat um Auskunft, nachdem nun endlich Vollzähligkeit hergestellt war.

Gabriel ergriff das Wort als Erster, ganz Gentleman alter Schule. »So einen bornierten Menschen habe ich in meiner Karriere noch nie erlebt.«

»In deiner Karriere als Detektiv?«, fragte Kassandra.

»Als Polizist«, antwortete Gabriel.

»Als Ermittler«, fand ich einen Mittelweg. Schön zwischen Staatsmacht und freier Wirtschaft.

»Nur rumgehackt hat der alte Pankraz auf der Moni«, setzte mein Ermittler seine Rede fort. Kein gutes Haar habe er an der Freundin seines Sohnes gelassen. Charlys Vater hatte sogar gedroht, ihm den Unterhalt zu streichen, wenn er nicht auf der Stelle die Beziehung beende. Außerdem wollte er nicht mehr länger für Charlys Therapeuten zahlen. Frau Pankraz sah das alles etwas differenzierter, wenn auch letzten Endes ähnlich.

Die Moni, sagte sie, sei am Anfang gut für den Charly gewesen. Charly hatte zu der Zeit weder Freunde noch Interessen, er war sehr verschlossen und eigenbrötlerisch. Nach der Schule hat er sich zu Hause oft bis zum nächsten Morgen in seinem Zimmer eingeschlossen. »In seinem Riesenzimmer«, ergänzte Gabiel seinen Bericht und schilderte die Ausmaße der Mercedes-Villa. Dank Monis Power habe sich der Charly aber gewandelt, vom Schwarz tragenden Grufti zum Paradiesvogel. Weil die Moni Theater spielte, habe auch der Charly angefangen, sich für die Schauspielerei zu interessieren.

Zum ersten Mal in seinem Leben hat er ein Talent in sich entdeckt. Trotzdem sei ihr Sohn in letzter Zeit wieder in alte Denk- und Verhaltensmuster zurückgefallen. Mit Moni habe er auch fast nur noch gestritten.

»Und der Hammer ist«, sagte Gabriel und setzte eine theaterreife Pause, womit er der Spannung einen kleinen Höhepunkt verlieh. Er blickte uns bedeutungsschwanger in die Augen, ohne ein weiteres Wort auszusprechen. Geradezu genüsslich kostete er seinen Wissensvorsprung aus, bis mir der Kragen platzte und ich sagte, er solle sich nicht so bitten lassen. »Der Hammer ist: Den Charly haben sie von der Schauspielschule geschmissen. Im letzten Ausbildungsjahr, kurz vor der Abschlussprüfung.«

Gabriel triumphierte.

»Weswegen?«, fragte Kassandra.

»Das ist ja das Mysteriöse. Das weiß kein Mensch. Charly hat nicht darüber geredet.«

»Hm«, überlegte ich laut.

»Was ist mit der Vaterschaft?«, stellte Kassandra schon wieder eine sehr interessante Frage. Ich zwinkerte ihr anerkennend zu. Motivation ist ganz wichtig.

Das habe ich in einem Buch über Mitarbeiterführung und Team-Management gelesen. Nur glückliche Mitarbeiter sind gute Mitarbeiter. Beim Menschen ist das nicht anders als bei den Kühen oder Hühnern.

»Nie und nimmer«, antwortete Gabriel, seien die Worte von Charlys Eltern gewesen. Der Bub und diese Schlampe seien ja noch so jung gewesen.

»Noch jüngere wurden oft beglückte Mütter«, glänzte ich mit meinem shakespeareschen Fachwissen.

»Jetzt bin ich aber dran«, konnte es Kassandra jetzt nicht mehr abwarten.

»War's das?«, fragte ich beim Gabriel nach.

»Das war's«, sagte er und nickte zufrieden.

»Danke.«

»Und jetzt?«, wollte er wissen. Sollte ich ihm vielleicht einen Orden verleihen?

»Der Moor hat seine Schuldigkeit getan. Der Moor darf gehen.«

Gabriel verstand sich aber nicht so gut auf Friedrich Schiller und verweilte wohl auch deshalb noch einen Augenblick am Münzfernglas, durch das er die Stadt beobachtete.

Ich lehnte mit dem Rücken am Geländer, Kassandra saß mir auf der Lehne eines rot angestrichenen Ausflugbänkchens auf Augenhöhe gegenüber.

»Also«, legte sie los und erzählte ihre Geschichte, ohne auch nur ein Detail auszulassen. »Meine Mutter hat mich immer gewarnt«, hatte die Stadlhuberin Kassandra ihr Leid geklagt. »Wieso willst du diesen Mann heiraten? Das ist doch ein Vollversager!«

Käthe, genannt Mausi, Stadlhuber, geborene Eschweiler, stammte aus großbürgerlichem Hause, ihr Vater war ein bedeutender Nazi, der gerade noch unbedeutend genug war, um nicht in Nürnberg angeklagt zu werden. Außerdem hatte man ihn und seinen Unternehmergeist in der jungen Bundesrepublik gebraucht.

Die Familie hatte Geld, Grundeigentum, Forstbestände und Immobilien. Sie galt etwas in den sogenannten besseren Kreisen. Eine Heirat mit Paul Stadlhuber bedeutete Rückschritt, jedenfalls sozialen Abstieg, nicht die erhoffte Einheirat in noch bessere Kreise, sprich: Hochadel.

Mausis Eltern hatten gar gedroht, sie zu enterben, falls sie wirklich diesen Troubadour ehelichen würde. Allerdings waren sie bei einem Autounfall früh genug gestorben, um ihre Drohung noch wahr machen zu können. Die Dokumente seien aber bereits unterschriftsreif beim Notar gelegen. Mausi hat ihren Paul geheiratet, sich fortan Stadlhuber genannt und im besten Sinne der Gütergemeinschaft ein gemeinsames Konto eingerichtet, für das er sämtliche Vollmachten bekam.

Stadlhuber machte im Zeitungswesen schnell von sich reden und war dank seiner spitzen Feder Jahr für Jahr die Karriereleiter nach oben gefallen. Schnell war er mit den fünf, sechs wichtigsten Persönlichkeiten im Theaterbetrieb auf Du und Du. Sie waren vor seinem Götterzorn sicher, sie lobte er in den siebten Himmel. Auf diese Weise hat er deren Gunst erworben, die er für sich zu nutzen wusste.

Die ersten Jahre führten Mausi und Paul Stadlhuber eine Musterehe. Sie luden zu rauschenden Festen nach Schwabing oder zeigten sich gemeinsam in der Staatsoper oder auf Bayreuths grünem Hügel. Für damalige Verhältnisse waren sie extrem populär, wenn auch nicht ganz so wie die Beckhams heute.

»Alles war gut«, waren die Worte von Frau Stadlhuber, »bis mein Mann anfing, alles zu bumsen, was nicht bei drei auf den Bäumen war.«

Kassandras Einwand, dass der Doktor nicht unbedingt als Mister Universum kandidieren könnte, wischte seine Frau zur Seite.

»Mein Mann hat Macht. Er entscheidet über Karrieren, über Intendantenposten. Er bestimmt, wer berühmt ist, wer berühmt bleibt und wer die längste Zeit berühmt gewesen ist. Dieses Spiel beherrscht er virtuos – heute mindestens so gut wie gestern. Paul Stadlhuber ist das Alpha-Männchen in der Feuilletonistenszene.«

»Wie muss ich mir das vorstellen?«, hatte Kassandra nachgefragt.

»Das Edeka-Prinzip. Ich geb dir dies, du gibst mir das. Du steigst mit mir in die Kiste, ich halte meine schützende Hand über dich, stelle dich den wichtigen Leuten vor. Du lutschst mir den Schwanz, ich schreib dich an die Kammerspiele. Klar haben sich die jungen Dinger darauf eingelassen. Die meisten zumindest.«

»Und Sie tolerieren dieses Treiben?«

»Was sollte ich Ihrer Meinung nach tun?«

»Sich scheiden lassen.«

»Das wäre unklug.«

»Warum?«

»Weil ich ihn noch immer liebe. Außerdem ist das auch eine Frage des Geldes.«

Anschließend erzählte Kassandra noch von ihrer Heimfahrt.

»Ja, sehr schön«, sagte ich und: »Vielen Dank für die gute Arbeit.«

Ich hatte alles auf mein Diktiergerät aufgenommen, damit keine Information verloren ging. Für eine erste fachmännische Analyse hatte ich ausreichend Daten gesammelt.

»Bis dann«, verabschiedete ich mich von den Kollegen.

Kassandra stieg auf ihren Roller, Gabriel klemmte sich hinters Geländewagen-Steuer. »Können wir dich mitnehmen, Watzmann?«, fragten sie gleichzeitig.

»Ich laufe lieber«, sagte ich.

»Bist du sicher?«, ließ Kassandra nicht locker.

»Ich brauche ein bisschen Zeit für mich zum Nachdenken.« Außerdem wollte ich die Ruhe genießen. Was sollte in dieser Nacht schon noch groß passieren?

14

Einen Moment überlegte ich, ob ich eventuell noch kurz beim Huberwirt neben der Aussichtsplattform auf eine schnelle Halbe einkehren sollte, entschied mich dann aber doch dagegen. In Wasserburg ist das auch kein Wunder. Wir haben ja nicht mal mehr ein eigenes Brauhaus. Der Fletzinger Bräu, 1693 gegründet, hat vor über zehn Jahren dicht gemacht, aus dem Greinbräu und dem Bruckbräu sind größtenteils Wohnungen geworden. Nur die Bierkatakomben erinnern noch an gute, alte bierselige Zeiten, als wir noch nicht aus Rosenheim, Traunstein oder Forsting importieren mussten. Statt der Einkehr wählte ich den schmalen Fußweg den Kellerberg abwärts. Mit Seufzen sprech ich sicher einst davon in ferner, ferner Zeit: Zwei Wege trennten sich im Wald, und ich – ich nahm den, der weniger betreten war, und das veränderte mein Leben, fiel mir Robert Frost ein.

Ich verließ den offiziellen Weg, der mich beim Achatz Stüberl zurück zur Innbrücke Richtung Altstadt geführt hätte, und stand also auf dem obersten Deck des Parkhauses. Der Blick auf die Innbrücke ist ein Geheimtipp. Vor allem das Gemälde oberhalb des Brucktors ist interessant. Es zeigt, das habe ich beim Stadtchronisten Hans Klinger nachgelesen, zwei Scharwächter mit dem bayerischen und dem Wasserburger Banner, die einen Lilienstock bewachen, das Symbol der Widerstandskraft und der Jungfräulichkeit der Stadt. Ich finde, als ortsansässiger Detektiv sollte man das wissen. Falls dich ein Tourist auf der Straße anspricht und solche Informationen abfragt.

Ich gönnte mir gerade noch einen allerletzten Blick auf die Silhouette der Altstadt, als ich Motorengeräusche hörte. Nur Augenblicke später sah ich die aufgemotzten PS-Boliden mit Breitreifen, Heckspoilern und Boxen x-large. Ein alter Siebener BMW und ein Golf GTI.

Mein Herz schlug bis unters Kinn. Gespannte Stille. Aber nichts passierte. Ich fühlte leichte Hoffnung, dass es bloß die Halbstarken waren, die sich hier gerne mal ein Verfolgungsrennen lieferten. Vorsichtshalber ging ich trotzdem in Deckung, presste meinen Rücken gegen eine dunkle Mauer.

»Griaschi«, hörte ich eine raue Stimme.

In meinem Versteck lag ein Mann in einem schmutzigen Schlafsack. Seine Fahne war gewaltig. »Weiterschlafen«, hörte ich mich sagen.

»Ois klar, Herr Kommissar.«

»Detektiv bin ich.«

»Wos?«

»Nix.«

Der Mann drehte sich um und schlief weiter. Die Szenerie blieb aber weiterhin gespenstisch: zwei Autos, die Kühlergrille wie Kanonen aufeinander gerichtet.

Ich hatte keine Ahnung, worauf sie warteten, verspürte aber eine ungute Vorahnung in der Magengrube. Das mit der Vorahnung ist so eine Sache: ganz dunkles Kapitel.

Ich überlegte, wie ich unauffällig verschwinden konnte. Der nächste Ausgang lag aber direkt im Scheinwerferlicht. Ich musste abwarten. Jetzt nur nicht die Geduld verlieren, mahnte ich mich zu Ruhe und Gelassenheit. Wenn ich doch bloß wie der Polizeiobermeister Gabriel den roten Taekwondo-Gürtel tragen würde, dann hätte ich mich nicht so zu fürchten brauchen. Messerkampf, Bruchtest, Freikampf und Selbstverteidigung. Und vor allem in sich selber ruhen. Das wär's jetzt.

Minuten vergingen.

Ohne Ankündigung sprangen die Insassen – vier auf jeder Seite – dann doch noch aus ihren Autos.

Szenen, wie die nun folgenden, kennt man eigentlich nur aus dem Kino. John Wayne gegen die Banditen. Nur dass sich die Jungs auf Türkisch anbrüllten – ohne Untertitel, geschweige denn Synchronisation. Ich verstand gar nichts. Die Lautstärke der Unterhaltung ließ aber darauf schließen, dass keine Freundlichkeiten ausgetauscht wurden. Begleitet wurden die Kraftausdrücke von Handgreiflichkeiten.

Plötzlich zückte aber jemand ein Messer und es kam, wie es kommen musste – Messer im Bauch, Geier in der Luft.

Wie in einem schlechten Film begann es ausgerechnet jetzt zu regnen. Autotüren knallten. Die Viererbande verschwand im GTI, jagte mit Warp-Geschwindigkeit aus dem Parkhaus.

Aus einem inneren Zwang heraus kümmerte ich mich um den verletzten Mann am Boden. Seine Begleiter standen einfach nur daneben, unfähig, sich zu rühren, lahm vor Entsetzen. Mit dunklen Augen starrten sie ins Leere. Ich drückte mein Hemd auf die Wunde, versuchte die Blutung zu stoppen. Mit Stichwunden kannte ich mich aus. Mein bester Freund war ja auch abgestochen worden. Noch einen Toten wollte ich verhindern.

Der Verletzte murmelte etwas. Ich verstand nichts. Dafür sprach er zu leise. Ich bedeutete ihm zu schweigen, Kräfte schonen. Einen seiner Gang-Brüder forderte ich auf, mich abzulösen. »Draufdrücken«, befahl ich. Der Bub folgte ohne Zögern.

»Hier Watzmann«, schrie ich in mein Handy. Der Regen prasselte auf meinen Kopf. Ich bestellte einen Krankenwagen ins Parkhaus. Kurze Zeit später fuhren zwei Sanitäter das Opfer in die Notaufnahme. Die drei Jungtürken folgten dem Sanka.

»Ich halte dich auf dem Laufenden«, versprach der Notarzt, den ich noch von früher aus der Schule kannte. Ich glaube, er hat auch für die Schülerzeitung geschrieben. Außerdem hat er mir im Skilager die Freundin ausgespannt. So was vergisst man nicht.

Ich lief nach Hause. Innbrücke, Brucktor, Arkaden, Salzsenderzeile, Hofstatt, Stadtmauer. »Was ist denn mit dir los?«, begrüßte mich mein Mitbewohner, nachdem ich die Wohnungstür aufgeschlossen hatte. Ich schwamm in meinen Klamotten. Nach einer Unterhaltung war mir nicht zumute, also schwieg ich und ging direkt ins Badezimmer. Ich brauchte dringend eine Dusche, um das Blut von meinem Körper abzuwaschen. Ich schrubbte, wie ich noch nie zuvor in meinem Leben geschrubbt hatte. Selbst als ich längst sauber war, hörte ich nicht auf zu schrubben. Danach fiel ich in einen komatösen Tiefschlaf, aus dem ich erst am nächsten Vormittag erwachte.

15

Ich brauchte dringend einen Kaffee, der nicht wieder müde machte. Den Schonkaffee, den Gabriel aufgesetzt hatte, spuckte ich in die Spüle. Dabei hätte ich Schonung schon auch gut vertragen können.

»Wie wär's mit Frühstück?«, fragte ich Maja am Telefon.

»Bisschen spät für Frühstück.«

»Dann Brunch?«, sprich: breakfast and lunch, korrigierte ich meine Frühstückspläne.

»Mit Vergnügen, Watzmann«, hauchte Maja in den Hörer.

Um Punkt zwölf Uhr saßen wir vor der Schranne an einem quadratischen Metalltisch auf dem Marienplatz mit unverstelltem Blick aufs Kernhaus. Die Fassade von Wasserburgs schönstem Patrizierhaus wurde 1738 durch den Münchner Hofstukkateur Johann Baptist Zimmermann gestaltet, indem er zwei Gebäude hinter einer einheitlichen Front zusammenfasste. Sie soll zu den schönsten Rokoko-Fassaden Süddeutschlands zählen.

»Braver Hund«, lobte ich den Josef. Er zitterte und schaute nur selten von seinem Posten unter dem Tisch hoch. »Was hat er denn?«, fragte ich sein Frauchen.

»Noch immer Angst vor dem Gewitter gestern«, erklärte Maja.

Ich tätschelte Josefs Quadratschädel.

»Weißt du's schon?«

»Was?«, war ich mir nicht sicher.

»Ich habe mich ein bisschen umgehört. Recherchiert, wie du sagen würdest.«

Das Potenzial von Hobbydetektiven sollte man nie unterschätzen. So manche Oma hat von der Fensterbank aus mehr Verbrechen aufgeklärt als der schneidigste Polizeichef.

Zehn Minuten später wusste ich, dass Moni nicht nur die schlauste, sondern auch die beliebteste Schülerin ihres Jahrgangs gewesen war, sprich: Streberin mit Herz und Einser-Abi. Sie war Muslimin, aber nicht aus Leidenschaft und schon gar nicht praktizierend. Kopftuch und die Anziehsachen, die eine Tante jedes Jahr zum Geburtstag schickte, hätte sie niemals getragen.

In der Aufnahmeprüfung für die Otto-Falckenberg-Schauspielschule in München hatte sie Shakespeares Lady Macbeth, Hebbels Agnes Bernauer und Wedekinds Lulu gegeben. Drei tragische Weibsbilder.

»Und jetzt kommt's«, teaserte Maja ihre große Info entsprechend groß an. »Halt dich gut fest, Watzmann, und fall mir bloß nicht vom Hocker.«

Ich saß bequem.

»Die Moni hat ihr Kind wegmachen lassen.«

»Du meinst …«

»Ja.«

»Also abgetrieben.«

»So schaut's aus.«

»Wann?«

»Vor zwei Wochen.«

»Das heißt …«

»Genau.«

»Mitten in den Proben.«

»Kurz vor der Premiere.«

»Welcher Monat?«

»Juli«, antwortete Maja wahrheitsgemäß.

»Nein, die Moni.«

»Ach so, tschuldigung, dritter.«

Mich interessierte, woher Maja diese Informationen hatte.

»Ich kenne da jemanden, der jemanden kennt, der eine Cousine hat, deren Freundin jemanden bei der Beratungsstelle kennt.«

Maja trank einen Schluck Orangensaft.

»Und der Vater?«, blieb ich am Ball.

Da konnte Maja nur spekulieren, aber sie war informationstechnisch ohnehin noch nicht am Ende ihrer Ausführungen angelangt. Ich schob mir in aller Ruhe einen Löffel Dinkel-Müsli in den Mund und kaute auf den Körnern. Nicht dass mir das Zeug schmeckte.

Majas Wissensschatz war Gold wert. Insofern ärgerte mich die Unterbrechung durch Valentin und Rossi maßlos. Sie scherten sich einen Dreck um meine Informantin, stattdessen standen sie mir direkt in der Sonne.

»Geh mir aus der Sonne«, wiederholte ich Diogenes' Worte zu Alexander dem Großen. Die Kommissare fletschten die Zähne. Ihre Knarren glitzerten im Sonnenlicht, obwohl sie sie eigentlich im Schulterhalfter unter ihren schwarzen Sakkos verbergen sollten. Naturgemäß schwitzten die Herren in so schweren Stoffen.

»Alles im grünen Bereich?«, fragte Valentin. Er rührte sich keinen Zentimeter.

»Sie überlassen die Arbeit diesmal schön uns Profis«, meinte Rossi.

»Was ist denn Stand der Dinge?«, fragte ich, den naiven Detektiv gebend.

»Eindeutig eine Beziehungstat«, antwortete Rossi. »Wir werden hier trotzdem noch die Stellung halten.«

»Na dann«, sagte Valentin. »Servus«, der Rossi.

Sie kauften sich am Bosnastand ein Balkan-Hotdog, was schon in meiner Kindheit eine Wasserburger Spezialität war, und verschwanden dann in der Frauengasse zwischen Rathaus und Marienkirche.

»Wer waren denn die Chaoten?«, fragte Maja zu Recht.

»Scotland Yard.«

»So schauen sie aus.«

»Was denkst du, Maja? Könnte es sein, dass sich Charly und Moni gegenseitig umgebracht haben? Also keine Selbstmorde, sondern Morde.«

»Du bist der Detektiv, Watzmann.«

Sie hatte recht und obendrein noch eine letzte Information im Köcher.

»Monis Schwester Leyla.«

»Was ist mit ihr?«

»Vor ein paar Wochen hätten die sie beinahe ermordet.«

»Wer?«, fragte ich baff.

Leylas Schwiegervater und seine vier Buben.

16

Natürlich war ich in jenen dunklen Jahren, als es nur drei Programme im Fernsehen gegeben hat, schon mangels Alternativen ein Riesenfan der Schwarzwaldklinik. Am Samstag nach der Sportschau dem Professor Brinkmann noch ein bisschen bei der Arbeit zuzusehen war ganz großes Kino. Heutzutage weiß man leider nicht mehr, aus welcher Arztserie man sein hypochondrisches Fachwissen beziehen sollte. Zu groß ist die Auswahl: Emergency Room, Grey's Anatomy, Scrubs – Die Anfänger. Oder doch lieber deutsche Hausarztkost, sprich: Der Landarzt. Käme es zum Schwur, ich würde für Dr. House schwören. In seiner ganzen unsympathischen Art ist der mir einfach wahnsinnig sympathisch.

Die Schwester Gerda war mir auch auf Anhieb gleich sympathisch. Wie sie in ihrem weißen Kittel auf zwei Birkenstocksandalen so nett vor mir stand. Brünett soll ja das neue Blond sein.

Ich folgte ihr unauffällig über eine Treppe an der Krankenhauskapelle vorbei in die Innere Abteilung. Am Ende eines langen Flurs im zweiten Stock wollte

Gerda gerade an eine Tür klopfen, als der Polizeibeamte, der in der Messerstecherei die Ermittlungen leitete, sie von innen öffnete. Wir grüßten uns kurz mit einem Nicken.

Anstandshalber überreichte ich dem Verletzten ein paar Blumen, die Schwester Gerda sofort in einer viel zu großen Vase in viel zu viel Wasser versenkte, soweit ich das mit meinem supergrünen Daumen beurteilen konnte.

»Merci«, bedankte sich das Messeropfer. Und: »Vielen Dank für die Blumen.«

»Kein Problem«, sagte ich und musterte die vier Jungtürken, die teilweise ein breiteres Bairisch sprachen als meine Lieblingskabarettisten Django Asül und Michi Altinger zusammen. Selbst ich hatte anfangs Verständigungsprobleme.

Einen besonders fröhlichen Eindruck machten Flori, Mehmet, Heinz und Sinan nicht. Nach den Geschehnissen der letzten Nacht war das auch kein Wunder. Wir führten das, was sich gemeinhin Small-Talk nennt, sprachen über Fußball, Frauen, Autos.

Als ich mich gerade verabschieden wollte, sagte Mehmet, dass er sicher sei, dass man sich schon mal gesehen habe – früher.

»Mein Gott«, sagte ich, »so groß ist Wasserburg auch nicht.« Außerdem sei ich Detektiv, ganz offiziell mit Büro, Telefon und allem, kein Geheimagent. »Und vorletztes Jahr habe ich den Pasolini-Mord aufgeklärt.«

»Genau«, glaubte sich Mehmet zu erinnern, verfiel dann aber sofort wieder in Melancholie und Schweigen. Die anderen Jungs senkten die Häupter.

»Was ist?«, wollte ich wissen.

»Sollen wir?«, fragte Sinan in die Runde.

Heinz, Flori und Mehmet nickten.

»Du kennst doch die Öztürk Moni«, sagte Sinan.

»Klar«, sagte ich, »vom Theaterspielen.«

»Wir sind nämlich Monis Brüder.«

Die nächsten Sekunden bestimmte Schweigen unsere Männerrunde.

»Können wir dir vertrauen, Watzmann?«, fragte Heinz.

»Vertrauen ist gut«, antwortete ich.

»Wir legen allergrößten Wert auf Diskretion«, sagte Flori.

»Schon allein aus geschäftlichen Gründen«, ergänzte Mehmet.

»Wir arbeiten alle für unseren Vater im Autohaus«, beendete Sinan die Triade.

»Na gut«, sagte ich und versprach absolutes Schweigen.

»Was verlangst du?«, fragte Mehmet.

»Die Wahrheit – die ungeschminkte Version bitte.«

»Ich meine: kohlemäßig?«

Ich verstand nicht gleich und machte deshalb wohl einen etwas verwirrten Eindruck.

»Wir würden dich gerne engagieren«, versuchte Heinz Licht ins Dunkel zu bringen.

»Als Detektiv«, ergänzte Sinan.

»Du sollst den Mord an unserer Schwester aufklären.«

»Ach so«, sagte ich.

»Was würde uns das kosten? Ungefähr.«

»Normalerweise nehme ich fünfhundert pro Tag. Aber passt schon. Geht aufs Haus.« Ich hatte vielleicht etwas voreilig auf mein Honorar verzichtet. Geld spielte bei den Jungtürken, die alle deutsche Pässe besaßen, keine Minderheitenrolle. Die Kleidung war vom Allerbesten, von ihren Uhren und Handys ganz zu schweigen. Markenembleme von Polo bis Prada. Ich wollte wissen, ob sie jemanden im Verdacht hätten.

»Die liebe Verwandtschaft«, sagte Sinan, der mit einem dicken Verband um seinen schmalen Bauch im Bett lag.

»Die Männer von gestern«, lieferte Heinz ein weiteres Stichwort.

»Einer davon ist Leylas Mann.«

»Zukünftiger Ex-Mann.«

»Leyla ist unsere große Schwester.«

Die Jungs plauderten noch eine ganze Weile weiter. Ich wusste schnell, was des Pudels Kern war: Familienfehde, verletzter Stolz und sogenannte Ehre.

»Wenn du uns fragst, dann haben die Moni und Charly auf dem Gewissen.«

»Warum Charly?«

»Der Charly hat Leylas Mann vor ein paar Wochen krankenhausreif geschlagen.«

»Aus Notwehr!«

»Ich würde gerne mit euren Eltern und Leyla sprechen«, bat ich um ein Gespräch unter acht Augen.

Sinan griff zum Telefon. Nachdem er aufgelegt hatte, nickte er in meine Richtung. »Sie erwarten dich zu Hause.«

»Na dann«, sagte ich und verteilte meine Visitenkarte. »Für den Fall, dass euch noch was einfällt.« Den Satz hatte ich im Fernsehen von den Tatort-Kommissaren gelernt. Ich riet allen Anwesenden, mir eingeschlossen, Augen offen, Klappe geschlossen zu halten.

17

Monis Eltern wohnten nur einen Katzensprung von meiner Turmwohnung entfernt. Trotzdem hatte ich diesen phänomenalen Innenhof bis zum heutigen Tag nie zuvor gesehen, Stichwort: bayerisches Verona. Oder um es mit Peter Schers Dichterworten auszudrücken:

Liegt eine Stadt im Tale
da zogs mich tausend Male
und immer wieder hin;
im Bogen fließt der Inn.

Die silbergrauen Leiten
in Ruhe zu umschreiten
ward ich noch niemals satt;
wie freundlich liegt die Stadt.

Florenz, Verona steigen
aus der Erinnerung Reigen,
der Süden wunderbar
stellt sich dem Auge dar.

Jedoch im Weiterwandern
entfern ich mich vom Andern
und denke froh bei mir:
Dies alles hast du hier!

Kemal »Sepp« Öztürk trug einen schwarzen Anzug mit feinen weißen Nadelstreifen, ein weißes Hemd, die obersten zwei Knöpfe offen. Seine Frau präsentierte sich in eng sitzenden Bluejeans und einer weißen Bluse mit Stehkragen. Genauso modern wie sich die beiden kleideten, war auch ihre Bleibe auf hundertachtzig Quadratmetern eingerichtet. Das Wohnzimmer war ganz in Weiß gehalten. Nur ein roter Streifen zog sich über drei Wände. Die vierte Wand bildete eine Glasfront, dahinter schloss sich ein überdachter Balkon zum Innenhof an.

Wir redeten nur kurz über Monis Liebesbeziehung zum Pankraz Charly. Eltern sind ja gern parteiisch, wenn es um ihre Nachkommenschaft geht. Aber Sepp und Hatun Öztürk verloren kein schlechtes Wort über den Freund ihrer Tochter. Der Charly sei im Gegenteil immer sehr nett und höflich gewesen. Einmal habe er sogar die älteste Tochter mit Gewalt verteidigt. Nein, der Charly war ein ganz ein Lieber. Kein Zweifel. Und für seine Eltern habe er schließlich nichts gekonnt.

»Und das Kind?«, fragte ich.

»Woher wissen Sie das?«

»Ich weiß es eben.«

»Moni hat nur ein einziges Mal darüber geredet – dass sie es nicht haben will.«

»Und der Vater?«, versuchte ich es im zweiten Anlauf.

»Keine Ahnung«, sagte Sepp Öztürk.

»Aber eine Vermutung werden Sie doch haben?«

Die Öztürks zogen es vor, zu schweigen. Ich schwieg ein bisschen mit. Aber als Detektiv auf Spurensuche bringt dich das nicht wirklich weiter. Ich fragte also nach den Hintergründen der Familienfehde.

In diesem Augenblick – aufs Stichwort sozusagen – trat Leyla aus der Küche ins Wohnzimmer, begrüßte mich mit einem schwachen »Hallo«, stellte ein Tablett mit vier Tassen auf den Glastisch und setzte sich dann neben ihre Mutter. Der Vater verteilte die Tassen und bot Zucker an. Ich nahm fünf Teelöffel in meinen Mokka.

»Möchten Sie vielleicht noch etwas mehr Kaffee in Ihren Zucker?«, fragte Leyla und lächelte süß. Ich lächelte zurück.

Leyla hatte ein Gesicht wie hingezeichnet, jeder Strich passte, und ihr Lächeln war noch interessanter als das der Mona Lisa.

Erst im Frühjahr hatte ich mich mit Kassandra in die Schlange vor dem Louvre eingereiht und war bereits wenige Stunden später zu Leonardos berühmtesten Werk vorgedrungen. So viele Menschen triffst du hierzulande nur selten im Museum. Es sei denn, das MoMa kommt nach Berlin oder in München ist lange Nacht der Museen. Dann kommen sie aus allen Ecken.

Leylas Mund, Kinn, Nase, Backen, Augen und Brauen waren aber das Einzige, was ich von ihr zu Gesicht bekam. Der Rest steckte unter einem Samtrock, einem hochgeschlossenem Blazer und Kopftuch. Alles in allem war das sehr schick. Im Vergleich zum Kleidungsstil der Eltern wirkte ihr Ensemble aber nicht wie aus unserem Kulturkreis.

»Mich würde interessieren«, setzte ich meine Befragung fort, »was es mit dieser Feindschaft auf sich hat.«

Leylas Mutter holte weit aus. »Ich hatte Glück. Nicht alle Frauen aus der Gegend, wo ich herkomme, können das von sich behaupten.«

»Woher kommen Sie genau?«, setzte ich nach.

»Aus Mardin. Das ist eine Stadt im Südosten der Türkei.«

»Anatolien?«, riet ich.

»Ja.«

»Worin bestand ihr Glück?«

Hatun Öztürk zeigte mit dem Zeigefinger – ihre Fingernägel waren manikürt – auf ihren Mann.

»Bei uns zu Hause ist es üblich, dass Ehen von den Eltern arrangiert werden, oft unter Verwandten. Ich würde schätzen, gut ein Drittel aller Eheleute sind blutsverwandt.«

»Sie sind nicht verwandt?«

»Nein«, warf Sepp Öztürk ein.

»Wie funktioniert so ein Ehe-Arrangement?«, interessierte ich mich plötzlich für nahöstliche Kulturen.

»Ganz einfach«, meinte Herr Öztürk.

»Die Eltern kommen mit dem Sohn zur Braut nach Hause. Der Standardspruch ist: Wir sind hier, um eine gute Angelegenheit zu erledigen. Mit der Erlaubnis Allahs und dem Wort des Propheten wollen wir Ihre Tochter zu uns nehmen.«

Leyla schenkte Kaffee nach und ergänzte: »Die brave Tochter darf den Kaffee servieren und ansonsten die Klappe halten oder gleich verschwinden.«

»Hinterher wird sie gefragt, ob sie den Jungen zum Mann nehmen will«, gab ich eine Vermutung ab.

»So ungefähr«, sagte Sepp Öztürk.

»Die Schwiegereltern sind wichtiger als der eigene Ehemann. Man muss sie von hinten bis vorn bedienen, pflegen, wenn sie alt sind. Sie geben den Takt vor. Und wehe, man tut nicht, was sie verlangen.«

Leyla stiegen Tränen in die dunklen Augen.

»Mein Glück war, dass meine Schwiegereltern eigentlich ganz in Ordnung waren und mein Mann und ich bald nach Deutschland gingen. Kemal ist sehr ehrgeizig. Er lernte leicht und stieg in der Firma schnell auf. Und: Wir liebten uns wirklich. Wir hatten uns schon vor unserer offiziellen Verlobung getroffen. Heimlich, versteht sich.«

»Glück g'habt«, sagte Sepp.

Die Öztürks tranken ihren Mokka und empfahlen sich anschließend. Es gebe noch so viel zu regeln, erklärten sie. Ich wollte nicht indiskret sein. Einen letzten Wunsch hatte ich aber trotzdem: »Dürfte ich einen Blick in Monis Zimmer werfen?«

»Leyla wird es Ihnen zeigen, Herr Watzmann«, sagte Kemal Öztürk.

Ich folgte Leyla über eine Wendeltreppe einen Stock höher. »Hier hat die Moni gewohnt?«

»Wenn sie zu Hause war.«

»Auch an ihrem Todestag?«

»Schon die ganze Woche über.«

»Wurde etwas verändert?«

»Was meinen Sie?«

»Wurde aufgeräumt? Das Bett gemacht? Oder ist es hier immer so ordentlich?«

»Moni ist ... Moni war sehr pedantisch.«

»Also war am Premierenabend alles so weit normal?«

»Bis sie ermordet wurde.«

»Mord?«

»Was glauben Sie denn? Meine Schwester hatte noch so viele Pläne. Sie war mit Sicherheit keine Selbstmordkandidatin. Sie liebte das Leben. Sie genoss jede Minute. Moni verströmte pure Lebensfreude. Sie war ein großartiger Mensch.«

»Wer Pläne hat, bringt sich nicht um«, stimmte ich Leyla zu.

Ich betrachtete die Fotos auf dem Schreibtisch, die Moni auf verschiedenen Bühnen in Aktion zeigten. Als Detektiv darfst du dich aber nie mit dem Erstbesten zufriedengeben. Also kramte ich in Schreibtischschubladen, in Regalen, kurz: Ich stellte das halbe Zimmer auf den Kopf. Bis ich fündig wurde.

Im Kleiderschrank unter weißen, roten, schwarzen Höschen lag ein Kuvert. Ich öffnete es und zählte die Scheine. Es waren auf den Cent genau fünfundzwanzigtausend Euro. Meine Mutter würde sagen: fünfzigtausend Mark. Sie hat die Währungsunion bis heute nicht verkraftet, obwohl sie in der Toskana lebt und eigentlich froh sein müsste, dass sie nicht mit Millionen Lire hantieren muss. Natürlich weckten die Geldscheine meine Neugier. »Bewahrte Moni ihre Barreserven immer im Kleiderschrank auf?«, fragte ich Leyla und hielt ihr die fünfundzwanzig Mille unter die Nase.

»Soviel ich weiß, hat sie ein Konto bei der Sparkasse«, antwortete sie verwirrt.

»Was soll dann die ganze Kohle?«

Leyla zuckte mit den Schultern.

Sie hatte keine Ahnung, woher Moni so viel Geld hatte. Aber es stimme schon, die Eltern mussten sie kaum unterstützen. Ihre Ausbildung finanzierte sie aus eigener Tasche. Mit einem Nebenjob angeblich. »Ich habe das nie hinterfragt«, meinte Leyla.

»Offenbar war es ein sehr lukrativer Nebenjob.«

Monis Schwester wusste nicht, was sie dazu sagen sollte. Sie war das genaue Gegenteil von Kassandra, die immer reden wollte, selbst wenn sie nicht gefragt wurde. Ich drückte Leyla den Umschlag in die Hand.

»Was ist Ihre Lebensgeschichte?«, fragte ich.

»Wie bitte?«

»Na ja. Sie tragen Kopftuch, Sie kleiden sich nicht ansatzweise wie Ihre Mutter.«

Leyla zögerte, entschloss sich dann aber doch, sich mir anzuvertrauen. Nach dem Abitur war sie in die Türkei gegangen, um das Land, aus dem ihre Eltern stammten, besser kennenzulernen, zu verstehen, was dort abgeht, Wurzeln suchen. Aus einem Monat, wie sie es geplant hatte, waren aber acht geworden. Zurückgekommen war sie als verheiratete Frau. Mit der Familie ihres Mannes im Gepäck.

»Was passierte dann?«

»Was soll schon passiert sein?«

»Das frage ich Sie.«

»Ich wüsste ehrlich gesagt nicht, was Sie das angeht.«

»Nichts.«

»Sehen Sie.«

»Wenn ich aber den Mord an Ihrer Schwester aufklären soll, ist jedes Detail wichtig. So unwichtig es auch erscheinen mag. Ich kann Sie nicht zwingen, nur bitten, mir zu vertrauen. Ich weiß, dass Ihr Mann versucht hat, Sie umzubringen.«

»Das wissen Sie? Von wem?«

»Spielt das eine Rolle?«

Leyla ließ ihren Tränen freien Lauf. Ich nahm sie in die Arme und versuchte, möglichst nichts zu sagen. Im Trösten bin ich eine Niete. Schließlich gab Leyla von sich aus preis, was vorgefallen war.

Ihr Mann hatte eine Stelle bei Siemens in München in der Produktion gefunden. Seine Familie, Eltern und Geschwister, wohnten bereits in oder zogen kurze Zeit später nach Neuperlach. In dasselbe Hochhaus, wo Deutsch Fremdsprache ist. »Es ging uns trotzdem gut. Mein Mann konnte seine Eltern, die früher schon einmal in Deutschland lebten, finanziell unterstützen.« Dann aber wurde Leylas Mann quasi über Nacht arbeitslos. Die Produktion am Standort sollte nach Tschechien verlagert werden. »Türsat war den ganzen Tag zu Hause, haderte mit sich und seinem Schicksal, beschimpfte mich, dass ich ihm das eingebrockt habe, weil ich unbedingt zurück nach Deutschland wollte. Er schrie, schlug mich. Seine Eltern und Brüder fingen an, mich herumzukommandieren. Ich musste für die Familie kochen, putzen, einkaufen. Zum Dank hat mich Türsat vergewaltigt. Nach dem zehnten Mal bin ich abgehauen. Zuerst in ein Frauenhaus in München, dann zu meinen Eltern nach Hause. Die Scheidung läuft gerade. Seitdem versuchen die, mir oder ersatzweise jemandem aus meiner Familie eine Lektion zu erteilen.«

»Quasi Rache«, sagte ich.

Leyla nahm ein Foto von Monis Schreibtisch und betrachtete es lange. Wenn sie nur geahnt hätte, dass es so enden würde.

Bevor ich ging, bat ich um eine Adresse in München.

18

Nach meinem Besuch bei der Öztürk-Family ließ ich mich kurzerhand hinter dem Diplomaten-Steuer nieder. Ich wollte Nützliches mit Beruhigendem verbinden und fuhr deshalb auf direktem Weg zum Tatort.

Mal abgesehen vom Mord am Premierenabend war das Gelände um das Amphitheater ein sehr friedvoller Ort, der noch dazu einen glänzenden Rückzugsraum für gestresste Provinzdetektive bietet. Das etwa zwei Hektar große Areal rund um den Stoa am Rande eines Naturschutzgebietes ist wahrlich eine biologische Oase: Hundskamille und Steinklee, Tümpel mit Fröschen, Molchen und Libellen, eine Wiese inklusive Eichenhain – Natur pur. Herz, was willst du mehr?

Der zweihundert Tonnen schwere, sieben Meter lange, viereinhalb Meter hohe, fünf Meter breite Findling, der dem Theater Namen und Charakter verdankt, erblickte erst 1989 beim Kiesabbau das Licht der Welt. Der Inngletscher hatte den Koloss beim letzten großen Vorstoß der Würmeiszeit aus der Gegend um Kramsach in Tirol zugeschliffen und bis vor die Tore Wasserburgs geschoben.

Die Kultur- und Heimatfreunde haben dann in langjähriger Arbeit das Naturparadies mit angegliedertem Open-Air-Theater geschaffen. Die alten Griechen wären auf den Ort bestimmt sehr neidisch, wenn sie es noch erlebt hätten. Ich bin hier praktisch Dauergast. Auch wenn ich gerade nicht selbst Theater spiele.

Meinen Opel parkte ich direkt vor dem Eingang, wo man an Veranstaltungstagen den Eintritt zahlt. Das Gatter, an dem ein vergammeltes Rad lehnte, nahm ich im Sprung und stand schon im Moment der Landung mitten in der Kulturlandschaft. Dieser Ort hat meditative Kräfte. Ich schlenderte am Klohäusl vorbei über den Kiesweg leicht bergauf und dann wieder leicht bergab zur Bühne, wo ich mich auf dem obersten Zuschauerring in die Mitte setzte und die Bühne betrachtete. Dabei ließ ich Romeo und Julia gedanklich Revue passieren. Sofort hatte ich aber die Sterbeszene vor Augen.

Mitten im Kopfkino bemerkte ich einen Schatten. Leider muss ich gestehen, dass ich im Anschleichen über kein Expertenwissen verfüge. Ich gab trotzdem mein Bestes, um den Schattenwerfer zu stellen. In kauernder Haltung schlich ich mich ins Bühnenhaus und lugte vom Balkon hinunter. Nichts. Also trat ich wieder vor die Tür und lugte um die Ecke. Statt des Schattens sah ich nun einen Mann, allerdings nur von hinten. Ein Pilzsammler war das aber ganz gewiss nicht. Dafür machte er einen zu verdächtigen Eindruck. Außerdem trug er keinen Korb bei sich.

Wir drehten noch eine Runde. Dann fasste ich einen

folgenschweren Entschluss. Angriff ist die beste Verteidigung, redete ich mir ein. Im nächsten Augenblick, ohne über mein Tun nachzudenken, packte ich den Mann von hinten an der Schulter und zwang ihn in den Schwitzkasten.

Ich wollte ihn gerade nach seinem Namen fragen, als er sich mit einem fiesen Griff aus dem Schwitzkasten befreite und mir dabei fast den Arm auskugelte. Zu allem Überfluss trat er mir mit seinem Fuß ins Gesicht. Ich sah Sterne im Himmel und fiel um.

»Was soll das?«, fragte ich verärgert, als ich aufwachte.

»Entschuldigung«, sagte der Gabriel. Das habe er nicht gewollt. Aber wie hätte er ahnen sollen?

»Erst denken, dann handeln«, murmelte ich und versuchte aufzustehen, was beim ersten Versuch aber jämmerlich missglückte. Ich landete wieder auf dem Hosenboden. Gabriel half beim zweiten Anlauf.

»Bruce Lee, oder was?«

»Ich gehe immer noch dreimal die Woche zum Turnen.«

»Turnen?«

»Taekwondo.«

»Sag's doch gleich«, sagte ich.

»Komm einfach mal zum Probetraining«, empfahl Gabriel. Turnhose und T-Shirt genügten für den Anfang. »Da lernst du auch Selbstverteidigung.«

»Vielleicht«, sagte ich gelangweilt. Das werde ich garantiert, beschloss ich. Darauf konnte sich der Gabriel verlassen. Als Detektiv sollte man sich wirklich mit Händen und Füßen wehren können.

»Was suchst du hier?«, lenkte ich vom Thema ab.

»Spuren«, antwortete der Polizeiobermeister nicht allzu ausführlich.

»Und?«

»Nicht wirklich.«

»Und sonst?«

»Ja mei.«

Manchmal möchte man den Gabriel nehmen und schütteln. Aus Gründen der Gewaltprävention schlug ich aber einen Spaziergang um den Kesselsee vor. Als Kind war ich dort mit meinen Freunden immer schwimmen.

»Aber der liegt doch jetzt mitten im Naturschutzgebiet«, wandte Gabriel ein.

»Ja und?«, gab ich zurück.

»Betreten verboten.«

»Keine Angst, du Bürokrat. Wir machen auch bestimmt nichts kaputt«, versuchte ich beruhigend auf meinen Detektivkollegen einzuwirken. Der aber bestand auf die exakte Einhaltung von Vorschriften und Gesetzen.

Ich selber bin da weniger normengläubig und bahnte mir trotz aller Einwände meines Mitstreiters den Weg durchs Unterholz zum See. Schließlich konnte sich auch Gabriel überwinden und mir folgen, wenn auch nur unter Protest, wie er mehrmals betonte.

»Nur anschauen, nicht anfassen«, gab ich die Parole aus, die Gabriel einigermaßen überzeugte. Außerdem plante ich ja nicht, im See zu planschen, obwohl die Aussicht auf ein Bad bei den Temperaturen verlockend war. Manchmal muss man aber den Verlockungen des Lebens trotzen, sonst nehmen sie Besitz von einem.

»Ich habe da noch ein paar Fragen, zu denen mir plausible Antworten fehlen.«

»Schieß los«, sagte Gabriel.

»Die Pistole«, lieferte ich das erste Stichwort.

»Eine Glock 17. Halbautomatik.«

»Das Gift«, war das zweite Stichwort.

Auch darauf hatte Gabriel dank seiner guten Verbindungen zur Polizeisekretärin eine detaillierte Antwort. Er zog einen Notizblock aus seiner Jackeninnentasche und las vor: »Früher wurde Natrium-Pentobarbital als Durchschlafmittel verschrieben. Die mittlere Dosis lag zwischen hundert und zweihundert Milligramm. Die Substanz führt zu psychischer und körperlicher Abhängigkeit, die erhöhte Reizbarkeit bei gleichzeitig eingeengtem Interesse und Antrieb zur Folge hat. Bei einer Überdosis lähmt Pentobarbital das Atemzentrum und führt zum Tod durch Ersticken – innerhalb von zwei Minuten. Für einen achtzig Kilo schweren Mann sind vier Gramm tödlich. In der Schweiz verwenden einige Sterbehilfeorganisationen das Barbiturat, um den Tod durch Einschlafen herbeizuführen. Bei Dignitas sind es fünfzehn Gramm, aufgelöst in einem Glas Wasser. In Deutschland wird Pentobarbital heute nur noch zur Einschläferung von Tieren verwendet. Die Tiere fallen schnell in einen tiefen Schlaf, der bei Warmblütern rasch, schmerz- und reflexlos in den Tod durch Herz- und Atemstillstand übergeht.«

»Haben wir es nun hier mit Mord oder mit Selbstmord zu tun?«

»Was spricht für Selbstmord?«, fragte Gabriel.

»Charly war depressiv. Soviel wir wissen, hat er Fluctin genommen. Nicht immer erfolgreich.«

Gabriel wischte sich den Schweiß von der Stirn.

»Moni hingegen war ein durch und durch positiver Mensch. Sie liebte das Leben. Sie liebte, was sie tat. Außerdem bringt man sich doch zwei Wochen nach einer Abtreibung nicht um.«

»Abtreibung? Das höre ich zum ersten Mal«, unterbrach mich Gabriel irritiert.

Ich erklärte ihm, was er wissen musste, und fuhr dann fort: »Das ist einfach nicht logisch. Außerdem war die Moni viel zu eitel, um sich das halbe Gesicht wegzupusten.«

»Es läuft auf Charly hinaus«, fasste Gabriel nicht unklug zusammen. »Jedenfalls hatte er mehrere Motive: Rache, Eifersucht, Todessehnsucht. Oder alles gleichzeitig.«

»Moment. So schnell schießen die Preußen nicht«, trat ich auf die Euphoriebremse, schließlich gab es auch noch die türkische Spur.

»Die türkische Spur? Welche türkische Spur?«, fragte Gabriel.

Ich setzte ihn auch davon in Kenntnis, berichtete von Leyla, den Öztürk-Brüdern und der lieben Verwandtschaft. Die Parkhausepisode ließ ich ebenfalls nicht unerwähnt.

»Das wirft natürlich ein ganz anderes Licht auf die Sache.«

»Irgendwie schon, oder?«

Abgesehen von der türkischen Variante waren aber auch im heimischen Theater noch viele Fragen und Rechnungen offen. Was ist zum Beispiel mit Bob und Susi? Sie sind als Hauptrollen-Erben im Prinzip die größten Gewinner.

»Ich muss aufs Klo«, unterbrach Gabriel meinen Gedankengang.

»Tu dir keinen Zwang an.«

»Naturschutzgebiet«, erklärte der Hilfsbeamte der Staatsanwaltschaft und zeigte auf den Boden.

»Und was ist mit den Füchsen? Mit den Rehen? Mit den Hirschen? Mit den Igeln?«

»Was soll mit denen sein?«

»Scheißen die nicht in den Wald?«

Vor dem Klohäusl wartete ich dann mindestens eine Viertelstunde auf den Polizeiobermeister. Heraus trat er mit einem Kamerastativ in seinen Pranken.

»Wo hast du jetzt das schon wieder her?«, fragte ich.

»Lag neben der Schüssel.«

»Und wem gehört es?«

»Regionalfernsehen, steht drauf.«

»Mach einen Termin aus«, sagte ich.

»Mit wem genau?«

»Muss ich eigentlich immer alles dreimal erklären?«

»Sei nicht so überheblich, Sherlock«, verlangte er eine klare Ansage.

»Kannst du bitte mit dem Regionalfernsehen in Rosenheim einen Termin für uns ausmachen«, sagte ich extra freundlich.

»Um ihnen das Stativ zurückzubringen?«

»Um uns mal ihre Bänder anzuschauen.«

»Glaubst du, dass die den Mord gefilmt haben?«, fragte der Polizeiobermeister.

»Nein, die haben letzten Freitag eine Kochsendung am Stoa aufgezeichnet. Schuhbeck. Lafer. Lichter.«

Gabriel schwieg.

»Kann ich dich mitnehmen?«, bot ich ihm eine Mitfahrgelegenheit in die Altstadt an.

»Nein danke. Kein Bedarf. Ich fahre selber.«

»Mit dem Ding da?«, fragte ich und zeigte auf das alte Damenrad am Gatter.

»Sowieso.«

»Und dein Mercedes?«

Ich sollte vom Polizeiobermeister keine Antwort bekommen. Am nächsten Morgen sah ich die Fotos aber in der Zeitung. Außer ein bisschen Aluminium war von seinem Geländewagen und dem Regionalzug nicht viel übrig geblieben. Der Gabriel muss aber einen ziemlich tapferen Schutzengel gehabt haben.

19

Udo Jürgens war noch niemals in New York, noch niemals auf Hawaii, ging nie durch San Francisco in zerrissenen Jeans. Und ich bin auch nicht bloß zum Zigarettenholen schnell nach Neuperlach gefahren. Erstens rauche ich, wenn, dann Pfeife, zweitens lädt Stadtbezirk 16 der bayerischen Landeshauptstadt nicht zwingend zu einem Ausflug ein.

Den Diplomaten stellte ich vor einem sauber herausgeputzten, aber architektonisch verabscheuungswürdigen Einkaufszentrum ab. Den Rest des Weges zu der von Leyla angegebenen Adresse lief ich. Städtebaulich und gefühlsmäßig wurde es unterwegs nicht besser. Trotz hoher Jugend- und Drogenkriminalität sind aber natürlich nicht alle Neuperlacher Gangster. Aber es ist schon so, dass in der Satellitenstadt nicht so viele waschechte Münchner leben.

Die Atmosphäre war bedrückend. Die Hochhaussiedlung, vor der ich stand, war kein bröckelnder Altbau, sondern von der Bausubstanz eher hochwertig, dennoch wirkte die Fassade dreckig, reizlos, trostlos.

Grau in grau zwischen farbigen Häusern. Da konnten auch die künstlerisch mehr oder minder wertvollen Graffiti nicht viel ausrichten. Die Mietskasernen sahen aus wie langsam vor sich hin faulende Schneidezähne – gammelig, farblos, fleckig.

Um die Trostlosigkeit perfekt zu machen, setzte leichter Regen ein. Nicht einmal ein reinigendes Gewitter war dem Ort vergönnt, nur Nieselregen. Die frisch gemachte Wäsche auf den größtenteils überdachten Betonbalkonen, an denen Satellitenschüsseln pappten, schaukelte auf Leinen im Wind.

Endlich wagte ich mich in das Treppenhaus, benutzte einen engen Aufzug in den neunten Stock. Auf meinem weiteren Weg durch einen langen, dunklen Flur begegnete ich Menschen sämtlicher Hautfarben. Niemand sprach. Keiner sagte »Hallo«, geschweige denn »Servus«. Es schien, als hätten alle ihre eigenen Probleme.

Wenigstens eines meiner Vorurteile stimmte: Retortenstädte haben keine Seele, kein Herz und keine Lunge. Ich merkte, wie ich mit jedem Schritt in den Bauch des Riesen immer mehr verkrampfte. Ein klaustrophobisches Empfinden nahm Besitz von meinem Körper. Ich begann zu schwitzen. Zuerst nur in den Handflächen, dann unter den Achseln, im Gesicht, schließlich am ganzen Körper. Am liebsten hätte ich auf der Stelle umgedreht. Am Nachmittag war ich in der Stadt mit Kassandra verabredet. Die Zeiger meiner Uhr deuteten aber erst auf Mittag. Ich drückte die Klingel.

Nach einer ganzen Weile öffnete eine etwa fünfzigjährige Frau, die sich kleidete und aussah, als wäre sie hundert. Ihr Deutsch beschränkte sich auf wenige Wörter und Floskeln. »Grüß Gott«, sagte ich, »Watzmann, Ausländerbehörde.« Ich hielt der Frau meinen Personalausweis unter die Nase und trat ein.

Sie führte mich in die Küche, wo aus einem Radio orientalische Technomusik dudelte und fünf Männer an einem Tisch beim Essen saßen. Die Wohnung war picobello, es roch nach Allesreiniger und Ikea. An den Wänden hingen Tausende kleiner Landschaftsaufnahmen, wahrscheinlich türkisches Hinterland.

Mit der Ausländerbehördentarnung wollte ich der Familie, von der ich so viel Verwirrendes gehört hatte, ein wenig Angst einjagen. Da war es eher kontraproduktiv, dass mich die Frau zum Mittagessen einlud. Sie stellte einen Teller auf den Tisch und stammelte, dass ich mich setzen solle. Das tat ich. Als eingefleischter Vegetarier hielt ich mich an Reis und Gemüse.

»Gut?«, fragte mich das Familienoberhaupt.

»Super«, sagte ich und gab ein Lächeln von mir.

»Wir kennen uns?«, fragte einer der Söhne.

»Leider nicht. Ich bin neu bei der Behörde.«

Ich holte mein Diktiergerät, ein Blatt Papier und einen Kugelschreiber aus meiner Umhängetasche. »So«, sagte ich. »Auf geht's beim Schichtl.« Ich bat um die Vornamen der Brüder. Die Konversation geriet schnell ins Stocken, als ich nach Ausweisdokumenten und Aufenthaltsgenehmigungen fragte. »Sie sind also Türsat?«, fragte ich den groß gewachsenen Kämpen mit den breiten Schultern, hellen Haaren und dunklen Augen. »Leylas Ex-Mann«, verplapperte ich mich. Die aufgeregte Stimmung fand ihren ersten Tiefpunkt. Die Wortgefechte zwischen Vater und Mutter, Mutter und

Söhnen, Vater und Söhnen, Söhnen und Söhnen verstummten abrupt.

»Wer bist du?«, brüllte Türsat. Sein Erregungspotenzial war gewaltig. Mit einem Mal sah ich mich einer aufgebrachten türkischen Menge gegenüber. Ich sagte meinen Gastgebern, dass es sich hier um ein großes Missverständnis handelte und ich sowieso noch andere Dinge zu erledigen hätte. »Also, ciao dann.«

Einer der Brüder schubste mich aus der Küche. Ein anderer redete böse auf mich ein. Wieder ein anderer fluchte und spuckte vor mir aus. »Wir kennen dich«, sagte Türsat und bohrte seinen spitzen Zeigefinger in meinen Brustkorb.

Ich schlug mit meiner Handkante auf seine Halsschlagader. Türsat taumelte, und ich nutzte die allgemeine Verwirrung, um abzuhauen.

Was sich in der Folge entwickeln sollte, kann unter dem Stichwort »Jagdszenen aus Neuperlach« subsumiert werden. Ich nahm meine Beine in beide Hände und rannte los. Die Türken hinter mir her. Ich lief um mein Leben, mindestens aber um meine körperliche Unversehrtheit. Zuerst den Flur entlang, dann die Treppen hinunter, aus dem Hochhaus hinaus, quer durch eine Betonwüste, über eine Mauer. Ich hatte keine Ahnung, wohin mich der eingeschlagene Weg führte.

Die Bilder vom innertürkischen Messerkampf im Parkhaus hatte ich noch nicht von meiner Kopffestplatte gelöscht, also ziemlich konkret vor Augen. Auf eine Auseinandersetzung konnte ich gut und gern verzichten. Freilich war es frech, mich unter Vorspiegelung falscher Tatsachen bei der Familie einzuschleichen. Die Motivation dafür war aber ganz simpel: Ich wollte Leylas Geschichte verifizieren. Die türkischen Mitbürger agierten ziemlich emotionsgeladen, waren nicht unbedingt strategische Planer. Das alles half mir im Moment aber nicht viel weiter. Denn allzu lange würde ich das vorgelegte Tempo nicht durchhalten können.

Nach etwa zwei Kilometern hatte die Bande bis auf zehn Meter zu mir aufgeschlossen. Ich hechtete eine Treppe nach oben, sah Gleise und einen wartenden Zug am anderen Ende des Bahnsteigs. Dank einer zusätzlichen Adrenalinausschüttung spurtete ich die rettenden hundert Meter in Rekordzeit.

Jetzt soll noch einer behaupten, die Bahn fahre nicht pünktlich. »Zurückbleiben bitte«, sagte der Führer, also der Schienenfahrzeugführer. Ich erreichte den rettenden Einstieg gerade noch rechtzeitig. Hinter mir schlossen sich die Türen, die Türken mussten draußen bleiben. Es nutzte denen gar nichts, gegen die Fensterscheiben zu trommeln. Ich zeigte meinen Mittelfinger. Dann nahm ich auf einer Bank in der Wagenmitte Platz. Die umstehenden Fahrgäste starrten fragend in meine Richtung. Endlich fuhren wir los.

»Die kommen niemals in die Europäische Union«, meinte mein Sitznachbar, der sich nur eine Sekunde später am Handy mit »Kostas« meldete.

Ich schnaufte tief durch und schloss vor Erschöpfung meine Augen. An der Haltestelle Innsbrucker Ring rissen mich zwei Damen in blauen Uniformen aus den Träumen. »Die Fahrkarten bitte!«

»Äh.« Mehr brachte ich zu meiner Verteidigung nicht zustande. Der Fahrspaß kostete mich vierzig Euro.

20

Kassandra strahlte, als ich aus dem Untergrund am Fischbrunnen auftauchte.

»Was bist du heute so gut drauf?«, wollte ich wissen.

Es war unheimlich schwül, noch immer nieselte der Regen.

»Ich freue mich einfach, dich zu sehen, Watzmann.«

Kassandra hakte sich unter. So schlenderten wir beim Beck am Rathauseck vorbei Richtung Marienhof, warfen einen flüchtigen Blick in die Auslagen beim Dallmayr, wären vorm Starbucks beinahe von einem Rennradler überfahren worden und bogen dann an der Alten Post, aus der sie ein Lokal gemacht haben, in die Maximilianstraße ein. In der Ferne thronte der Landtag über München. An der Oper überquerten wir die Straße. Die Luxuslimousinen vor dem Vier Jahreszeiten interessierten uns ebenso wenig wie die perfekt gestylten Damen auf dem Laufsteg, sprich: Bürgersteig, die von Gucci zu Prada hinüberschlenderten, von Armani weiter zu Dior.

Eigentlich wollten wir uns im Roma niederlassen, mussten aber feststellen, dass es das Lokal nicht mehr gab – für immer geschlossen. Kassandra brabbelte mit feuchten Augen vor sich hin. Ich verstand: »Thai-Salat mit gebratener Entenbrust, geschnittenem Lemongras, Ingwer, Chinakohl und Sojasprossen.« Ich hatte sowieso keinen Hunger. Der Neuperlacher Mittagstisch lag mir noch schwer im Magen. Im Restaurant Maximilianstraße nahm ich dann einen Talisker Isle of Skye Malt: zehn Jahre, rauchig, erdig, sehr torfig, feine Holznoten, langer Abgang. Und dann noch einen.

Kassandra merkte, während sie ihr Alternativessen bestellte, an, dass der Whisky sehr gut zu meinem Outfit passe. Ich trug eine maßgeschneiderte Tweedjacke, einen leger gebundenen Schlips und braune Brogues. Tweed ist der Stoff, aus dem auch die Schottenröcke aus dicken Garnen mit kurzen Wollfasern in unregelmäßiger Anordnung hergestellt werden.

Kassandra hatte es tatsächlich geschafft, beim Leiter der Schauspielschule kurzfristig einen Termin zu bekommen – unter dem Vorwand, sie plane zur Beerdigung von Charly Pankraz und Moni Öztürk einen Nachruf im Lokalradio. Die Schule befindet sich in einem ehemaligen Wohnhaus unweit der Kammerspiele. Fast heimelig wirkte es hier. Während Kassandra ihr Interview machte und dabei erfuhr, dass Moni begabt, aber im Gegensatz zu ihrem Freund Charly nicht hochbegabt gewesen sei, setzte ich mich zu ein paar Schauspielschülern auf eine Tasse Ceylon Tee in die Küche, um die ungeschminkte Wahrheit zu erfahren.

»Charly war so verrückt wie der Kinski«, berichtete mir ein Toni.

»Vor dem konnte man sich echt fürchten«, sagte eine Claudia.

»War klar, dass sie ihn von der Schule schmeißen mussten«, meinte ein Yves.

Die offizielle Begründung für seinen Rausschmiss seien Charlys Fehlzeiten im Unterricht gewesen, erklärte der Schulleiter Kassandra. Man lege großen Wert auf Pünktlichkeit, Genauigkeit und Disziplin. »Nach bestandener Aufnahmeprüfung beginnt für die Schüler eine vierjährige Ausbildung, die ihnen die Stadt kostenlos zur Verfügung stellt, damit sie sich systematisch auf die Anforderungen des Berufes vorbereiten können. Zehn bis fünfzehn Schüler bilden im Durchschnitt eine Jahrgangsklasse, die individuell und im Team arbeitet. Stimmbildung und Gesang, Sprecherziehung und Körperarbeit sollen zur Basis des technischen Grundkönnens werden. Improvisation und szenische Übungen dienen dazu, Körper und Sprache als wichtige Ausdrucksmittel des Schauspielers sinnlich zu erfahren und im Rollenspiel auszudrücken.«

Tonis Version lautete: »Der Charly hat beinahe jemanden getötet.«

»Was?«, stieß ich aus. Ich war verwirrt, irritiert, einen Moment sprachlos. »Wen?«

»Einen Mitschüler aus dem Abschlussjahrgang.«

»Wie?«

»Beim Fechten.«

»Beim Fechten?«

»Gehört zur Schauspielausbildung.«

»Warum?«

»Wegen seiner Freundin. Weil der Hubert angeblich die Moni angegraben hat.«

»Charly war extrem eifersüchtig«, klinkte sich Claudia wieder ein.

»Und verrückt, wie gesagt«, ergänzte Toni.

»Was ist passiert?«

»Charly hat die Übungssäbel gegen echte ausgetauscht und dann im Kampf zugestochen. Der Hubert lag zwei Wochen im Krankenhaus. Ein bisschen tiefer, und Charly hätte sein Herz durchbohrt. So war es nur die linke Schulter.«

Zunächst seien sie alle von einem Unfall ausgegangen. Weil sich der Charly aber partout nicht entschuldigen wollte, ist eine interne Untersuchung eingeleitet worden. Am Ende haben sie ihn dann rausgeworfen und natürlich die Kammerspiele, an die die Schauspielschule angegliedert ist, informiert. Dort ist er in der neuen Spielzeit in einer kleinen, aber feinen Rolle in einem Klassiker besetzt gewesen – Pustekuchen.

Ich tauschte mit Kassandra die Versionen aus, offizielle und inoffizielle. Die Wahrheit lag wahrscheinlich irgendwo dazwischen. Die Schauspielschüler gaben sich meines Erachtens schon ein wenig theatralisch. Sie bestätigten aber auch Charlys Hang zu Eifersüchteleien und Gewaltausbrüchen. Der Schulleiter attestierte ihm gleich mehrmals im Gespräch mit Kassandra eine außergewöhnliche Begabung mit der Prognose einer großen Schauspielkarriere. »Einen wie Charly hatten wir hier seit Jens Harzer nicht mehr«, lautete sein abschließender O-Ton.

Kassandra verabschiedete sich nach unserem kleinen Meinungsaustausch zum Shoppen in die Kaufinger Straße. Ich aber wollte mich noch ein bisschen vor Ort umsehen. Dabei platzte ich prompt in die Aufnahmeprüfung für den nächsten Jahrgang. Am Jurorentisch saß zu meiner großen Überraschung ein alter Wasserburger Bekannter.

21

Die Prüfungskommission schien leicht genervt vom Vortrag des Spargeltarzans. Ich bedauerte den armen Kerl, aber ihm fehlte es ganz offensichtlich an schauspielerischem Talent. Er trug eine Röhrenjeans und ein Longshirt, auf dem »I mog Minga« in der üblichen Variante mit einem roten Herz-Symbol anstelle des »mog« steht.

»O schmölze doch dies allzu feste Fleisch, Zerging' und löst' in einen Tau sich auf! Oder hätte nicht der Ew'ge sein Gebot Gerichtet gegen Selbstmord! – O Gott! o Gott!«

Ich wurde hellhörig.

»Wie ekel, schal und flach und unersprießlich scheint mir das ganze Treiben dieser Welt! Pfui! pfui darüber! 's ist ein wüster Garten, Der auf in Samen schießt; verworfnes Unkraut Erfüllt ihn gänzlich. Dazu musst' es kommen! Zwei Mond erst tot! – nein, nicht so viel, nicht zwei; Solch trefflicher Monarch! der neben diesem Apoll bei einem Satyr; so meine Mutter liebend, Dass er des Himmels Winde nicht zu rau Ihr Antlitz ließ berühren. Himmel und Erde! Muss ich gedenken? Hing sie doch an ihm, Als stieg' der Wachstum ihrer Lust mit dem, Was ihre Kost war. Und doch in einem Mond –.«

Das war sehr gut heruntergeleiert. Da versprüht die schlimmste Landratsrede mehr Witz. Der Bewerber lächelte. Er war überglücklich, dass es vollbracht war. Wahrscheinlich würde er einen exzellenten Bankkaufmann abgeben oder Rechtsanwalt oder Schreinermeister, aber keinen Schauspieler.

»Lasst mich's nicht denken!«

Der Spargeltarzan war verwirrt.

»Was?«, fragte er nach.

»Hamlet: Lasst mich's nicht denken! – Schwachheit, dein Nam' ist Weib!«, zitierte Stadlhuber.

»Ach so. Ja gut. Weiter habe ich nicht gelernt.«

»Warum wollen ausgerechnet Sie Schauspieler werden?«, fragte eine mittelalterliche Dame, die direkt neben Stadlhuber saß.

»Will ich ja gar nicht. Aber meine Eltern.«

»Wie jetzt?«, wollte es Stadlhuber ganz genau wissen.

»Die Eltern wollen unbedingt, dass ich Schauspieler werde.«

»Warum?«

Tarzan hob die knochigen Schultern. Die Statur von Karl Valentin hatte er, aber nicht dessen Größe. »Mein Onkel spielt seit Kurzem so einen Adeligen in einer Serie am Nachmittag. Seitdem fährt er Porsche.« Das sagte der Spargel mit einer solchen Überzeugung, als hätte er soeben die Formel für den Weltfrieden gefunden.

»Danke«, entgegnete Stadlhuber und winkte gleichzeitig mich weiter nach vorne.

Ich wusste nicht, was er von mir wollte; vielleicht meine Meinung. Ich wollte schon den Daumen senken.

»Wenn Sie sich bitte vorstellen würden«, forderte mich die Mittelalterliche auf.

»Ach ja, Entschuldigung. Mein Name ist Watzmann, Johann Maria. Die meisten meiner Freunde sagen aber Sherlock.«

Die Juroren blättern angestrengt in ihren Unterlagen. Von vorne nach hinten und wieder zurück.

»Was möchten Sie vorspielen, Herr Watzmann?«

»Wie jetzt, vorspielen?«

»Welche Rolle haben Sie einstudiert?«

Ich war baff. War das hier so üblich? Ein kleiner Gag für die Zuschauer. Dafür war ich zu haben. Also sagte ich: »Wie wäre es mit Tybalt?«

»Romeo und Julia wird gern genommen«, sagte eine zweite Dame mit Hornbrille auf einer spitzen Nase, die am Tisch etwas weiter außen saß.

Na gut. Warum auch nicht? Ich intonierte meinen Tybalt, als hätte ich in meinem Leben nie etwas anderes getan. Voller Inbrunst gab ich den gemeinen, rohen, wilden, fiesen, garstigen Neffen der Gräfin Capulet. Ich schnaubte, schrie, tobte auf der kleinen Bühne. Zuletzt zerlegte ich die halbe Einrichtung mit meinen schier übermenschlichen Kräften. Ich spielte mir die Seele aus dem Leib. Der nackte Wahnsinn eben.

»Das war jetzt sehr körperlich, Sherlock«, sagte die Dame mit Brille.

»Und jetzt bitte improvisieren!«, befahl Stadlhuber.

»Was soll ich improvisieren?«

»Suchen Sie sich was aus, einen Gegenstand, ein Tier von mir aus.«

Wo ich gerade so gut im Zerstören drin war, entschied ich mich spontan für ein Nashorn. Bei Nashörnern ist es ja so, dass die immer ein wenig Anlaufschwierigkeiten haben. Aber sind sie erst einmal in Bewegung, kann sie nichts und niemand aufhalten. Ihre Kraft ist urgewaltig. Ich machte den Prüfern das Nashorn, trabte durch den Saal, gab Nashorn-Geräusche von mir. Mein Tweedsakko hatte ich für die Improvisationsübung abgelegt, was sich als cleverer Schachzug erweisen sollte. Denn am Ende schwitzte ich wie ein Schwein, obwohl Schweine in Wirklichkeit gar nicht schwitzen.

»Danke, Herr Watzmann«, unterbrach mich Stadlhuber.

»Das war schon recht ordentlich«, meinte die Mittelalterliche.

»Wenn Sie doch bitte meiner Kollegin noch ihre Anschrift geben könnten, ich finde Sie hier leider nicht in meinen Unterlagen«, sagte Stadlhuber.

Ich tat wie geheißen.

»Wiederschaun«, wollte mich der Vorsitzende schnell loswerden und komplimentierte mich mit einer entsprechenden Geste nach draußen. Wahrscheinlich musste er noch eine ganze Reihe zukünftiger Schauspieleleven sichten.

»Ciao«, sagte ich. »War nett bei euch.«

Nur die Mittalterliche erwiderte meine Grüße.

Ich zog von dannen. Vor der Frauenkirche klingelte das Handy – Kassandra. Sie sei jetzt fertig mit Geldausgeben. Am besten träfen wir uns vor dem schwedischen Bekleidungshaus mit den zwei Buchstaben. Keine Minute später überreichte sie mir fünf prall gefüllte Plastiktüten, die ich für sie tragen durfte.

»Wie war's bei dir noch?«, fragte sie.

Nicht schlimm, antwortete ich. Ich hätte mich bloß zum Affen beziehungsweise Nashorn machen müssen. Sandra schaute ein wenig ungläubig, beließ es aber dabei.

»Und jetzt?«, fragte ich.

»Schauen wir uns Monis Wohnung an.«

Meine Detektivkollegin hatte den Tag perfekt durchorganisiert. Effizientes Arbeiten nenne ich das. Keine Zeit verlieren. Ich folgte Kassandra voll gepackt mit der neuesten Mode bis zum Karlsplatz, dann die Rolltreppe hinunter ins Stachus-Untergeschoss, vor dem hässlichsten Kaufhaus der Welt wieder nach oben, dann links, geradeaus und in die Landwehrstraße rechts ab.

Hier beginnt das Morgenland von München, Stichwort: Klein-Istanbul. Nette, kleine Läden, Süpermärkte, Imbissbuden. Richtig gutes Flair, kein Vergleich zur Satellitenstadt. Ich hatte Lust auf Döner, aber Döner ohne Fleisch ist wie Schwimmen ohne Wasser: ziemlich trocken. Bis zur Paulskirche in der Nachbarschaft zu Monis Wohngemeinschaft war es dann aber doch noch ein gutes Stück zu laufen. Wir klingelten an der Pforte einer Villa aus der Zeit von vor etwa hundert Jahren. Nur wenig später standen wir im Erdgeschoss auf einem blitzblank gewienerten Parkettboden und staunten.

Schon wieder eine so große Behausung, wenn auch ganz anders eingerichtet als die loftartige Wohnung der Öztürks. Erdige, warme Töne dominierten, dazu etliche Bilder an den Wänden, jede Menge alte Truhen und Vitrinen, im Salon hing ein tonnenschwerer Lüster. Meinen Geschmack traf das alles nicht. Aber es gibt Leute, denen vollgetrödelte Wohnungen gefallen.

»Tolle Wohnung«, drängte sich Kassandra mit ihrer Meinung vor.

»Das freut mich. Fünf Semester Innenarchitektur sind also nicht ganz umsonst gewesen«, erklärte sich Monis Mitbewohnerin.

Offensichtlich doch.

Sylvie zeigte uns die Wohnung, von der Terrasse angefangen, über die Küche, bis zum Bad. Moni und Sylvie hatten sich das Wohnzimmer geteilt, aber eigene Schlafzimmer gehabt. Sylvies Zimmer war sogar mit einem begehbaren Kleiderschrank ausgestattet, was Kassandra vollends ins Schwärmen brachte.

»Wie geil, ein begehbarer Kleiderschrank«, sollte sie noch Wochen später ihre Freunde terrorisieren. Ein begehbarer Kleiderschrank ist ihr allergrößter Traum. Für einen begehbaren Kleiderschrank würde sie sogar Brad Pitt stehen lassen.

»Nicht billig, das alles«, brachte ich etwas Rationalität zurück in die Diskussion.

Sylvie entgegnete nichts. Ich wertete das als Zustimmung. Dann merkte sie aber doch an, dass ihre Eltern in den fetten Jahren der New Economy ein kleines Vermögen mit Aktien gemacht hätten, obwohl die beiden als studierte Sozialpädagogen eigentlich keinen Schimmer von Wertpapieren hatten. Sie sind nur klug genug gewesen, um im richtigen Moment auszusteigen. »Und die Moni hat immer schon ihr eigenes Geld gehabt, seit ich sie kenne.«

»Seit wann kannten Sie sich?«, fragte ich.

»Ich studiere seit zwei Jahren Regie an der Falckenberg. Wir haben uns bei einem Projekt der Regie- und Schauspielklasse kennengelernt: Vagina-Monologe. Im Werkraum.«

»Vagina-Monologe?«

Ich verstand die Welt noch weniger als sonst. Trotzdem fragte ich nach diesen Monologen.

Sylvie ließ sich zu einer ausführlichen Stückeinführung hinreißen.

»Aha«, staunte ich, nachdem sie geendet hatte.

»Sie haben gefragt.«

»Und, wie ist's gelaufen?«, fragte ich weiter.

»Die Moni war super, die Kritik vernichtend.«

»Kommen wir auf die Moni zurück«, schlug ich vor.

»Wir waren beide auf Wohnungssuche. Moni hatte die Idee, eine WG zu gründen. Ein paar Wochen später sind wir dann hier eingezogen.«

»Luxus-WG«, sagte ich. Wenn ich an meine Wohngemeinschaft zurückdenke, Jägerstüberl postmodern dagegen. »Und der Charly?«, setzte ich meine Fragerunde fort.

»Ganz schwieriges Kapitel«, antwortete Sylvie.

»Wieso?«, nahm mir Kassandra die Nachfrage ab.

»Der Charly, das war kein einfacher Mensch. Moni und er konnten sich zoffen, bis Blut floss. Trotzdem, er hat sie geliebt. Sehr sogar.«

»Zu sehr vielleicht?«

Sylvie überlegte, was ihr gutes Recht war.

»Die Frage ist mir zu philosophisch. Kann man einen Menschen zu sehr lieben?«

»Liebe ist ein sehr starkes Gefühl. Stärker ist eigentlich nur Liebe, die sich in Hass verwandelt hat«, glaubte ich zu wissen.

»Kann sein«, sagte Sylvie.

»Das heißt?«

»Ich glaube, die Moni wollte mit dem Charly Schluss machen.«

»Wie oft war der Charly hier?«

»Wenn sie gerade keinen Streit hatten – oft.«

»Und sonst?«

»Wohnte er entweder zu Hause oder in einer Pension an der Münchner Freiheit.«

»Darf ich mich in Monis Zimmer mal genauer umsehen?«, fragte ich höflich.

»Tun Sie sich keinen Zwang an. Die Polizei hat aber schon alles auf den Kopf gestellt. Erfolglos, soviel ich weiß.«

»Kein Problem.«

Ich suchte eine halbe Ewigkeit. Zuerst unter den neugierigen Blicken der Frauen, schon bald aber alleine. Sylvie und Kassandra zogen es vor, in der Küche über begehbare Kleiderschränke zu fachsimpeln. Ich arbeite ohnehin lieber unter Ausschluss der Öffentlichkeit. Da habe ich weniger Scham, alles zweimal zu durchleuchten. »Doppelt genäht hält besser«, hat meine Tante, Gott hab sie selig, immer gesagt. Dieser Rat ist mir bis heute heilig. Erfolgserlebnis trotzdem Fehlanzeige.

Wenn man mal von einem Zeitungsfetzen absieht, den ich im Textbuch der Vagina-Monologe gefunden habe. Die Monologe hatten es mir angetan. Eine Telefonnummer war neben der Zeitungsüberschrift notiert. Ich steckte den Ausschnitt einfach ein. Warum auch nicht?

»Und?«, fragte Kassandra.

»Nichts«, antwortete ich.

»Was denkst du?«, fragte Kassandra dann ihre neue beste Freundin.

»Keine Ahnung. Ich halte mich an die Fakten.«

»Und die wären?«

»Moni ist tot«, sagte Sylvie leise.

Wir verabschiedeten uns, nachdem Kassandra Sylvie getröstet hatte. »Bis morgen!« Mittlerweile war es schon früher Abend.

»Und jetzt ein schönes Feierabendbier auf dem Viktualienmarkt?«, schlug ich vor. »Oder eine Currywurst beim Bergwolf?«

»Was hältst du von Romeo und Julia im Residenztheater?«, entgegnete Kassandra und hielt mir zwei Karten unter die Nase.

»Du spinnst ja«, sagte ich. Ich war einfach nur glücklich und freute mich – innerlich. Ich trage nicht so gern meine Gefühle zur Schau, was nicht heißen soll, dass ich keine habe. Kassandra nahm meine Hand in ihre und ließ sie bis zum Schlussapplaus nicht mehr los. Es war ein grandioser Theaterabend und doch irgendwie nur zweitklassig. Denn in der Champions League sterben Romeo und Julia wirklich.

22

Ich hatte Schiss, mein Auto in der Trabantenstadt abzuholen. Was ich für ein Feigling sei, fing Kassandra an, mich zu necken. Ihre beste Jugendfreundin habe in Neuperlach gewohnt. So schlimm sei es da gar nicht, wie immer alle behaupten. Im Gegenteil. Die Leute seien total in Ordnung. »Ausnahmen bestätigen dic Regel«, warf ich ein. Wir nahmen ein Taxi. Der Taxifahrer hielt einen zwanzigminütigen Diskurs über Erotik in der Weltliteratur, nachdem wir ihm erzählt hatten, dass wir gerade im Theater waren. Ich glaube, ich kannte den Kerl vom Studium.

Die Lage auf dem Parkplatz schien sicher. Ich zahlte, wir stiegen um. »Türen verriegeln«, befahl ich. Sicher sei sicher. Und man solle aus Übermut nie zu viel riskieren. Stadtauswärts war aber ohnehin kaum Verkehr. Richtig entspannen konnte ich mich aber erst, als ich in Haar auf die Wasserburger Landstraße einbog.

Ich zeigte Kassandra den Zeitungsfetzen, den ich im Sinne der Toten der Einfachheit halber eingesteckt hatte.

»Was ist das?«, fragte sie.

»Ein Zeitungsausschnitt«, sagte ich.

»Das sehe ich selber. Aber woher hast du den?«

»Habe ich bei Moni gefunden. Kannst du rausfinden, was für ein Artikel das war?«

Kassandra las die Überschrift: »Sexuelle Revolution abgesagt.«

»Das ist die Überschrift«, erklärte ich.

»Danke für den Hinweis, Watzmann. Da wäre ich selbst nicht draufgekommen.«

Ich glaubte, einen guten Schuss Sarkasmus in ihrer Stimme gehört zu haben. Kassandra zückte ihr Handy und wählte. Sie lachte. Dann drückte sie die Wahlwiederholung und hielt das Mobilfunkgerät an mein rechtes Ohr: »Paul Stadlhuber ist im Moment nicht erreichbar. Hinterlassen Sie in dringenden Fällen eine Nachricht nach dem Ton.«

»Was soll das?«, fragte ich.

»Ich habe die Nummer gewählt.«

»Welche Nummer?«

»Die auf dem Zeitungsausschnitt steht.«

Ich stutzte. »Was bedeutet das jetzt?«

»Das sollten wir herausfinden.«

»Den Stadlhuber habe ich heute Nachmittag übrigens getroffen.«

»Wo?«, fragte Kassandra verdutzt.

»In der Schauspielschule. Ich musste denen noch das Nashorn machen.«

»Das Nashorn?«

»Um es abzukürzen: Stadlhuber sitzt in der Aufnahmekommission der Schule. Und er ist dort Professor für Theatergeschichte.«

»Wie jetzt?«

»Einführung in die Themenkreise der Weltliteratur.«

»Was?«

»So heißt sein Seminar an der Schauspielschule.«

»Sieht nach Süddeutscher Zeitung aus«, sagte Kassandra und deutete auf den Zeitungsfetzen. Dabei dozierte sie über Schriftart, Schriftgröße und Papierqualität. »Ich schätze: Münchner Kultur.« Sie werde sich gleich am nächsten Tag darum kümmern. Jetzt aber wolle sie etwas ganz anderes ein für allemal klären.

»Was?«, fragte ich interessiert.

Kassandra drehte die Netrebko leiser.

»Möchtest du noch mit hochkommen?«, lud mich Kassandra zu sich in die Wohnung ein, als ich vor ihrem Haus anhielt.

Ich zögerte.

»Ich habe in diesem netten, kleinen Weinladen an der Hofstatt gestern zwei Flaschen Rotwein gekauft. Beste Chianti-Lage, extrem fruchtig.«

Ich überlegte.

»Was ist jetzt?«, fragte Kassandra ungeduldig.

»Lieber nicht, aber wann anders gerne«, sagte ich müde.

Kassandra musterte mich streng. Dann schlug sie die Autotür fester zu als nötig.

23

Vor wichtigen Fußballspielen, aber auch vor nicht ganz so wichtigen Ereignissen trifft man sich seit 1963 im Eiscafé Venezia zum Ratschen. Der Gesprächsstoff reicht von der Lokalpolitik bis hinauf nach Brüssel, von der Bezirksoberliga bis zur Allianz Arena. Heute standen zwei Beerdigungen auf dem Programm. Zuerst sollte der Charly auf dem Friedhof in der Neustadt unter die Erde gebracht werden, etwas später dann die Moni in der Altstadt.

Ich hockte ganz allein am Tisch auf der Holzterrasse direkt neben der Straße und wartete auf die Trauergemeinde. In guter Hördistanz plauderte dieser blasierte Krimischriftsteller mit seinem eigentlich ganz netten Schauspielerkumpel aus dem Fernsehen. Wie immer redeten sie über eine Detektivserie, die sie in Wasserburg verfilmen wollten.

In diesem Augenblick begrüßte mich Maja. Sie setzte sich neben mich und betätschelte mit ihrer linken Hand mein rechtes Knie. Der Josef war auch dabei, wirkte aber ziemlich gleichgültig. Er legte sich auf meine Plattfüße. Ich blickte noch ein letztes Mal in Richtung Künstlerstammtisch. Komische Gesellschaft.

Beerdigungen sind in der Regel eher weniger komische Veranstaltungen. Der Sarg senkt sich in die Grube und die Selbstverdauung beginnt. Der Körper löst sich durch Enzyme, die im Gewebe vorhanden sind, ohne die Beteiligung von Bakterien oder anderen Lebewesen auf, Stichwort: Autolyse.

Ich kann mir eigentlich kein Leben nach dem Tod vorstellen. Trotzdem halte ich es mit dem Mathematiker und Philosophen Blaise Pascal: »So unwahrscheinlich Gott auch sein mag, man sollte lieber an ihn glauben. Wenn man recht hat, wird einem ewige Gnade zuteil, und wenn man unrecht hat, ist es ohnehin egal. Glaubt man aber nicht an Gott und hat damit unrecht, fällt man der ewigen Verdammnis anheim.«

Dem Charly und der Moni konnte es egal sein, ob wir ihren Mörder fanden. Immerhin wussten sie mittlerweile, was es mit dem Licht am Ende des Tunnels auf sich hat. Ob es tatsächlich der Eingang ins Paradies ist oder bloß eine Fata Morgana, quasi ein letzter Streich des Unterbewussten.

Beide Beerdigungen gingen reibungslos über die Bühne, sprich: de mortuis nihil nisi bene. Über Tote nur Gutes. Es gab weder Streitereien noch böse Worte. Wie es die Sitte verlangt, wurde nach der Zeremonie die Totensuppe ausgelöffelt.

Die Theaterleute unter der Regie von Harry Stöckl hatten eine eigene Feier organisiert – mehr im Sinne der Toten. Mit Alkohol bis zum Abwinken und Musik zum Mitgrölen.

Bruno warf am Innufer hinter dem Sportplatz den

einbetonierten Grill an, wir verteilten uns auf die Bänke. Manche erzählten eine Geschichte – über die Verstorbenen, als die noch lebten. Leider fiel in der Geschichtsstunde nichts für mich und meinen Fall ab. Neben mir saß Sylvie, von Kassandra war keine Spur. Vielleicht musste sie arbeiten. Auch Maja hatte sich nach dem offiziellen Teil verabschiedet.

Trotz der guten Stimmung am Lagerfeuer wurden wir mit der Zeit melancholisch. Der Alkohol tat sein Übriges. Aber man kann auch ohne Spaß Alkohol haben. Nüchtern betrachtet war ich an diesem Abend sehr betrunken, was mich jedoch nicht davon abhielt, den Bob und seine Susi kurz vor Mitternacht noch ins Kreuzverhör zu nehmen. Im Gegensatz zu mir waren die beiden eher benebelt. Kiffen macht langsam und blöd, saufen nur blöd. Aber lieber sterbe ich blöd als langsam.

»Also Bob«, begann ich clever.

»Che.«

»Wie Che?«

»Che ist mir eigentlich lieber.« Er deutete auf sein T-Shirt mit dem Konterfei des Berufsrevoluzzers. Anschließend nahm er einen tiefen Zug aus seiner Bong.

»Verstehe«, verstand ich kein Wort und philosophierte: »Wenn du Jim so lange kennen würdest wie ich, würdest du auch Jack sagen.« Ich nahm einen ordentlichen Schluck Whisky. »Also, Che«, sagte ich zu Bob. Aus den Boxen unseres Gettoblasters tönte Bob Marley: No woman, no cry.

Ich konnte mich kaum verständlich artikulieren, und Robert brauchte für seine Antworten, die mindestens in jedem zweiten Satz den amerikanischen Imperialismus streiften, Stunden. Richtig spannend wurde es erst, als er erzählte, dass die Pistole, mit der sich die Moni erschossen hat, eigentlich dem Stöckl Harry gehört.

»Das stimmt«, bestätigte seine Susi.

»Woher willst du das wissen, Susi?«

»Weil ich in der Requisite ausgeholfen habe, Watzmann.«

»Ihr wollt den Mord also dem Stöckl in die Schuhe schieben«, stellte ich nüchtern fest, obwohl ich total dicht war.

»Welchen Mord?«, fragte Bob.

»Wir sagen nur, wie's ist«, sagte die Susi schnippisch.

Ich brabbelte eine ganze Weile zusammenhangslos vor mich hin, bis ich endlich wieder einen geraden Satz herausbrachte.

»Ihr zwei seid doch die großen Gewinner. Jetzt seid ihr Romeo und Chuuuliiiia. Das nenne ich ein Motiv.« Ich lallte es und ging dann kotzen, Bob und Susi schliefen ein. Anschließend bat ich Sylvie, die mindestens so breit war wie ich, den Gabriel anzurufen. Dass er mich abholt.

»Und ich?«, fragte sie.

»Du kannst mit uns pennen. Bei uns.«

Mehr weiß ich von dem Abend nicht mehr.

Weil nach dem letzten Cuba libre: Filmriss.

24

Vor lauter Schmerzen konnte ich kaum meine Augen öffnen. Der letzte Cuba war entweder schlecht oder das berühmte eine Glas zu viel gewesen. Ich musste mich zum Aufstehen zwingen. Ganz langsam, Schnecke vergleichsweise ein Porsche, schlich ich ins Bad, trat unterwegs versehentlich auf den Schwanz der Katze, die mich anschaute, als wollte sie mich fressen. Ich duschte. Dann zog ich mich an. Die Cordhose und ein einfarbiges Hemd sollten genügen, Stichwort: Casual Friday.

Auf der Suche nach Kopfschmerztabletten stolperte ich ins Gästezimmer. Hätte ich nicht unter unmenschlichen Schmerzen gelitten, hätte mich sicher der Schlag getroffen. So aber sagte ich einfach nur: »Aspirin?« Gabriel wühlte im Nachtkästchen und warf mir eine Packung zu. »Und tschüss!«

Zum Abschied riskierte ich noch einen Blick auf die schöne Nackte neben ihm, schmiss kommentarlos drei Tabletten ein und klappte meinen Mund erst wieder zusammen, als ich aus dem Haus ging. Die Packung steckte ich sicherheitshalber ein, falls ich Nachschub brauchte.

Ich wankte die Ledererzeile Richtung Schustergasse hinunter. Trotz des frühen Morgens herrschte schon ruheloses Treiben. Kleintransporter hielten in zweiter und dritter Reihe, luden Waren aus und fuhren weiter. Die Ladenbesitzer schmückten die Auslagen für ihre Kundschaft und setzten für den Eigenbedarf frischen Kaffee auf. Ich verzehrte mich nach einer großen Tasse. Also fragte ich unterwegs bei meinem Friseur, der schon seinen ersten Kunden bedient hatte, ob ich mich eventuell bei ihm auf eine Tasse einladen dürfte. »Kein Problem, Watzmann, bedien dich«, erlaubte mir mein Kumpel. Das hörte ich gerne. Und das Koffein half tatsächlich, die Müdigkeit einigermaßen zu vertreiben, obwohl Kaffee diesbezüglich wahrscheinlich überschätzt wird.

In den ersten beiden Arbeitsstunden beschäftigte ich mich mit den Tonbändern aus dem Diktiergerät. Ich ging noch einmal alle Hinweise und Schlussfolgerungen durch, jedoch ohne konkreten Ermittlungsfortschritt. Die Motivfrage blieb unklar. Es konnte jeder gewesen sein, aber auch niemand. Ich lehnte mich weit mit meinem Chefsessel zurück, legte die Beine auf die Schreibtischplatte und blickte an die Decke. Dabei versuchte ich, Sachverstand mit Lebenserfahrung zu kombinieren, kam allerdings zu keinem verwertbaren Ergebnis. Die Zahl der potenziellen Mörder wurde dadurch nicht geringer. Wenn ich doch wenigstens schon einen klaren Favoriten gehabt hätte. Auf meiner Antipathierangliste rangierten die Neuperlacher Türken selbstverschuldet ganz weit oben. Aber vor Gericht zählen keine Gefühle, sondern Fakten.

Sollte ich aufgeben, den Büttel hinschmeißen? Was

hatte ich, außer einem Meet and Greet mit der Netrebko, schon zu verlieren? Werbung für mein Detektivgeschäft vielleicht. Geschenkt. Zusätzliche Werbung hätte nur mehr Arbeit bedeutet. Und mir reichte es allmählich. Ich lebe schließlich nicht, um zu arbeiten.

Die Klingel über dem Eingang riss mich aus meinen Gedanken.

»Du schaust aber traurig aus, Watzmann«, sagte Maja und setzte sich in den Besuchersessel. Josef fläzte sich in eine Ecke und schloss die Augen. Hund müsste man sein.

»Mir tut der Kopf weh«, antwortete ich, außerdem fühlte ich eine innere Unruhe, deren Grund sich mir aber erst etwas später erschließen sollte.

»Armer Schatz«, fand Maja die richtigen Worte, bevor sie aufstand und auf meine Seite des Tisches herüberwechselte. Sie stellte sich hinter mich und massierte meinen Nacken. Das tat gut, ich war total verspannt.

»Was willst du, Maja?«, wollte ich wissen, quasi so früh des Morgens.

Sie kniete sich vor mir auf den Boden und öffnete den Cordhosen-Reißverschluss.

»Wonach sieht's denn aus?«, lautete ihre Antwort, die für Missinterpretationen keinen Spielraum ließ. Ein Quickie am Morgen vertreibe Kummer und Sorgen, ergänzte sie. Außerdem sei sie in letzter Zeit chronisch untervögelt.

»Kein Bedarf«, grunzte ich, konnte mich aber beim besten Willen nicht wehren. »Bitte nicht«, hörte ich mich sagen, bevor ich den Schreibtisch mit einer flüchtigen Handbewegung bis auf den Zirkel abräumte, dessen Spitze sich in meinen Rücken bohrte. Was nun folgte, hätte den Vätern der Klamotte zur Ehre gereicht. Natürlich krachte der billige Tisch unter der Last zweier Körper zusammen, was aber zu keinem Spielabbruch führte. Im Gegenteil. Das war ein Konzert. Josef heulte, Maja stöhnte, und ich – ich bellte.

Was ich außerdem nicht unerwähnt lassen sollte: In der Hitze des Gefechts hatte ich ganz vergessen, dass Kassandra an diesem Tag ihren halben Arbeitstag bestreiten wollte.

»Es ist nicht so, wie es aussieht!«, fiel mir deshalb keine dümmere Erklärung ein, als ich in zwei sich schnell verengende Augen blickte. Maja saß auf mir, und ich lag in den Schreibtischresten. Der Zirkel steckte in meinem Rücken. Jetzt muss man aber zugeben, dass Kassandras Reaktion von großer Klasse zeugte.

»Ich nehme heute frei, Watzmann«, sagte sie, bevor sie das Papier, das sie in der Hand hielt, zusammenknüllte und im Papierkorb versenkte. Ihr Abschied fiel ohne große Worte aus. Maja sagte zehn Minuten später immerhin »Pfiadi« und fragte, ob ich ein bisschen auf den Josef aufpassen könnte, weil sie einen wichtigen Kundentermin habe.

»Was arbeitest du eigentlich?«, fragte ich.

»Therapeutin.«

»Psycho-?«

»Physio-.«

»Sprich?«

»Sexualtherapeutin.«

Ich musste an Erika Berger denken. Die hat früher im Fernsehen ja auch immer gern Ratschläge gegeben.

»Du hast vielleicht ein Frauchen!«, sagte ich zu Josef, als wir allein waren. Nachdem ich aufgeräumt hatte, nahm ich das zerknüllte Blatt aus dem Papierkorb. Trotz Hunderter kleiner Papierfalten war schnell klar, worum es ging: die Vagina-Monologe.

Kassandra hatte im Archiv den fehlenden Text zur Überschrift »Sexuelle Revolution abgesagt« gefunden. Monis schauspielerische Leistung, beziehungsweise Nicht-Leistung zelebrierte Paul Stadlhuber auf hundertfünfzig Zeilen. Jede einzelne mit einer kleinen oder großen Grausamkeit gespickt, immer schön unter der Gürtellinie. Vor ein paar Jahren hätte man noch gesagt, der Text sei sexistisch. Jetzt, im Pornografie-Zeitalter, wo fast jeder via Bild-Zeitung seine sexuellen Vorlieben ausplaudert oder ganze Bücher über Feuchtgebiete schreibt, ist das aber ganz natürlich. Die grundsätzliche Aussage von Stadlhubers Bösartigkeiten war, dass die Öztürk besser einen Beruf erlernen sollte, für den sie Talent habe. Die Schauspielerei sei das gewiss nicht. Viele junge Frauen lebten beispielsweise als Handarbeitslehrerinnen oder Reiseverkehrskauffrauen ein sehr glückliches Leben.

Ich nahm noch zwei Aspirin gegen den Kopfschmerz. Erst als ich die Packung zurück in meine Tasche steckte, fiel mir auf, dass da gar nicht Aspirin und Bayer draufstand, sondern Viagra und Pfizer. Und ich hatte mich noch gewundert, warum Schmerztabletten jetzt blau sind.

25

Der Hund machte nicht den Eindruck, als wollte er sein gemütliches Plätzchen verlassen. »Auf geht's«, trieb ich ihn an. Der Josef hatte die Ruhe weg, das musste man ihm lassen. Leider wusste auch der Hund nicht, wann ihn sein Frauchen wieder abholen wollte. Und ich konnte mich beim besten Willen nicht mehr erinnern.

Über zwei Stunden vor dem ersten gesprochenen Wort war der Besucherparkplatz am Amphitheater schon belegt. Josef und ich ließen die Schlange vor dem Eingang eine Reihe sein und spazierten, begleitet von den giftigen Blicken der Eingereihten, einfach durch sie durch. »Das ist doch der Watzmann«, hörte ich die Leute auf meinem langen Marsch durch die Menge tuscheln.

Einerseits freut es einen, wenn man auf der Straße von wildfremden Menschen erkannt wird – für viele Prominente ist das ja überhaupt erst das Salz in ihrer dünnen Suppe –, andererseits ist es aber auch lästig, gerade für einen Detektiv.

Als wir am Stoa-Keller ankamen, legte sich der

Hund gleich in eine Ecke. Die hektischen Besucher an der Abendkasse waren zu viel für ihn. Der Josef ist wie ich; ich mag auch am liebsten meine Ruhe. Ich stellte ihm ein Schälchen mit Wasser vor die Schnauze.

Pünktlich um halb neun schaltete der Techniker die Scheinwerfer an, die Bühne war erleuchtet, die Schauspieler standen auf ihren Positionen, über Bobs und Susis Schultern wurde ein letztes Mal gespuckt. Dann hatte auch schon der Chor seinen ersten großen Einsatz:

Wie diese Liebe nun dem Tod verfiel,
Der Eltern Wüten, immerfort erneut,
Erst in der Kinder Ende fand sein Ziel,
Das lehrt zwei Stunden euch die Bühne heut;
Wollt ihr geduldig euer Ohr dem leihn,
Woll'n wir's von Mängeln, wo's noch not, befrein.

Musikanten und Bedienstete treten auf. Bob alias Romeo schwärmt von Julia: »Liebt' ich wohl je? Nein, schwör es ab, Gesicht! Du sahst bis jetzt noch wahre Schönheit nicht.«

Mein Stichwort. Ich trat auf die Bühne, setzte zu meinem ersten Satz an und verstummte, bevor ich auch nur einen Ton gesagt hatte. Im Theater saßen mindestens tausend Menschen, selbst auf der Wiese hinter den eigentlichen Plätzen. Das war absoluter Rekord – mit Abstand. Höchstens zum Freiluftkino, wenn der Marcus Rosenmüller aus Hausham seinen neuen Film vorstellt, kommen so viele Zuschauer. Gleich mehrere Fernsehkameras waren auf unser Stück gerichtet. Das war ein medialer Auftrieb, wie man ihn sonst nur von

Amokläufen oder Promi-Ehekrisen kennt. Aus den Augenwinkeln erspähte ich sogar den Rudi Cerne vom »Aktenzeichen XY«.

»Nach seiner Stimm' …«, hörte ich aus der ersten Reihe ein Flüstern – Kassandra. Ich räusperte mich, ging ein paar Schritte und begann zu toben: »Nach seiner Stimm' ist dies ein Montague. Hol meinen Degen, Bursch. – Was? Wagt der Schurk', Vermummt in eine Fratze, herzukommen, Zu Hohn und Schimpfe gegen unser Fest? Fürwahr, bei meines Stammes Ruhm und Adel! Wer tot ihn schlüg', verdiente keinen Tadel.«

In der Pause schenkte ich Wein aus. Dabei sah ich, wie sich der Lipschitz und der Stadlhuber hinter der Bühne stritten. Die beiden gestikulierten so ausladend, als gälte es einen Gestikulierwettbewerb zu gewinnen. Leider war es zu laut, um hören zu können, was sie sich gegenseitig an den Kopf warfen.

Richtig spannend wurde es dann erst wieder im Tragödienfinale. Romeo und Julia lagen ja tot auf dem Bühnenboden. Zum Schlussapplaus verbeugten sie sich aber diesmal.

26

Bob und Susi strahlten wie zwei alte Atommeiler. Zu Ehren der großartigen schauspielerischen Leistung der Zweitbesetzung setzte der Lipschitz spontan einen kleinen Umtrunk an, nachdem auch der letzte begeisterte Schaulustige das Theatergelände verlassen hatte. Der Kuno selbst war noch eine Weile mit Interviews beschäftigt. Im Licht der Kameras lief er zu Höchstform auf. So konzentriert habe ich ihn schon lange nicht mehr gesehen.

Der Stöckl war der Erste, der sich verabschiedete. Für ihn war es zudem ein Abschied für immer. Er wünschte uns allen alles Gute und bedankte sich für die Zusammenarbeit, die ihm viel Freude bereitet habe. »Und entschuldigt bitte, falls ich den einen oder anderen mal etwas grob angefasst habe.« Aber so seien sie halt – die Schwaben.

Jetzt müsse er aber schnell ins Bett, weil morgen in aller Herrgottsfrühe sein Ferienflieger gehe.

»Servus Harry!«

»Ciao!«

»Mach's gut!«

»Habe die Ehre!«

Meine Verabschiedung fiel nicht ganz so herzlich aus wie die der Kollegen. Außerdem hatte ich für die ganz großen Gefühle weder das Gemüt noch die Zeit.

»Komm, Josef«, sagte ich zum Josef. Wir stiegen in meinen Wagen und nahmen die Verfolgung auf. Ich drückte ordentlich aufs Gas, um am Stöckl dranzubleiben.

Von unterwegs bestellte ich den Gabriel zum Hotel, wo der Harry sein Wasserburger Quartier aufgeschlagen hatte.

»Scheiße, scheiße, scheiße«, sagte ich und kaute nervös auf meiner Unterlippe. Hoffentlich erzielte unsere kleine Showeinlage seine Wirkung. Rein rechtlich hatten wir nichts gegen ihn in der Hand, schon gar nicht in unserer Funktion als Privatdetektive. Hinzu kam, dass der Stöckl schlau genug sein würde, sich nicht selbst zu belasten.

In Polizeiuniform hielt der Gabriel den Harry in der Postgasse auf. Auf der Feier hatte der Regisseur drei Bier und zwei Obstler gezischt.

»Führerschein, Fahrzeugpapiere«, verlangte der Polizeiobermeister, dann: »Steigen Sie aus.«

Länger als nötig studierte Gabriel die Dokumente, schlich einmal um den Wagen, kontrollierte das Profil der Reifen und wollte auch das Warndreieck und den Verbandskasten sehen. Ich parkte mein Auto direkt hinter Stöckls Passat Kombi.

»Kann ich irgendwie helfen?«, fragte ich, ohne eine Antwort zu bekommen.

Gabriel hielt bereits den Alkomat in der Hand, auf

den der Stöckl starrte wie der Raucher auf Entzug auf die ihm angebotene Zigarette.

»Stellen Sie sich bitte auf das linke Bein, heben Sie das rechte, schließen Sie die Augen und versuchen Sie, mit dem rechten Zeigefinger Ihre Nasenspitze zu berühren.«

Gabriel ließ diese Übung mehrmals wiederholen. Sein Gesichtsausdruck verdüsterte sich zusehends, selbst von meiner Warte aus war das deutlich sichtbar.

»Sie müssen blasen«, erklärte Gabriel dem Stöckl.

»Muss ich wirklich, Watzmann?«, fragte der Stöckl und schaute Hilfe suchend zu mir herüber.

Ich nahm den Gabriel zur Seite. Wir gaben vor, ein juristisches Wortgefecht auszutragen. Wozu zwei Semester Rechtswissenschaften doch manchmal gut sind.

»Also gut«, gab sich der Polizeiobermeister geschlagen. »Aber nur, weil du's bist, Sherlock.«

»Herzlichen Dank auch«, bedankte ich mich beim Gabriel und gab ihm zu verstehen, dass seine Anwesenheit nicht mehr länger erwünscht sei. Der Obermeister empfahl sich, nachdem er den Stöckl aber wenigstens noch mündlich verwarnt hatte.

»Danke, Watzmann«, sagte Harry. »Das war vielleicht knapp.« Er erzählte, dass sein Flensburger Konto bereits gefährlich überzogen sei und bis zum nächsten Fahrverbot gar nicht mehr viel fehlte. »Darf ich dich vielleicht zum Dank auf einen Schlummertrunk an der Hotelbar einladen?«, wollte er sich erkenntlich zeigen.

»Kein Alkohol für mich«, antwortete ich.

»Na dann«, sagte der Stöckl und streckte die rechte Hand aus.

»Aber hättest du eventuell noch Zeit für einen kleinen Spaziergang?«

Stöckl schaute besorgt auf seine Armbanduhr, runzelte die Stirn und war dann doch einverstanden. »Aber nur kurz, Watzmann.«

Ich holte den Josef aus dem Diplomaten, und wir streiften zu dritt ohne konkretes Ziel durch die matt erleuchteten Altstadtgassen. Vor der Jakobskirche bat ich den Harry, auf einer Bank Platz unter einer Birke zu nehmen. Ich blieb stehen, während er sich auf seinen verknöcherten Hintern setzte. Josef legte sich über Stöckls Füße.

Auf einen netten Plausch war ich aber nicht aus. Harrys Welt tangierte mich nicht im Geringsten.

»Also«, sagte ich. »Höchste Zeit, die Karten endlich auf den Tisch zu legen.«

»Welche Karten?«, fragte Stöckl.

»Deine!«

»Verstehe ich jetzt nicht«, stellte sich das Schwabenwunderkind dumm.

»Und was ist zum Beispiel mit der Waffe?«

»Welcher Waffe?«, fragte Harry. Er wusste ganz genau, wovon ich sprach.

»Eine Glock 17, Halbautomatik, Kaliber neun Millimeter.«

»Ach die.«

»Genau die. Registriert auf deinen Namen, mein Kollege hat das überprüft. Ganz nebenbei sollte vielleicht nicht unerwähnt bleiben, dass sich die Moni damit erschossen hat. Nicht freiwillig, wenn du mich fragst.«

»Die Bullen haben das schon überprüft.«

»Die sind ja nicht blöd«, sagte ich.

»Kann ich dann gehen?«, drängte Stöckl auf das Ende unserer Unterhaltung. Er versuchte aufzustehen. Josef und ich wussten das aber zu verhindern.

»Die Pistole ist vollkommen in Ordnung. Nur die Munition hat jemand ausgetauscht.«

»Jemand?«

»Keine Ahnung. Ich hatte eigens für Film- und Theaterproduktionen präparierte Platzpatronen nach Wasserburg mitgenommen. Und die Pistole. Weil sie hier nicht genug eigene Waffen haben. Die stammt ursprünglich aus dem Fundus der Kammerspiele.«

»Denkst du, es könnte ein Unfall gewesen sein?«, wollte ich Stöckls professionelle Meinung hören. Ich dachte an den Tod von Bruce Lees Sohn, der bei den Dreharbeiten zu seinem zweiten Film gestorben ist. In einer Pistole, die mit Platzpatronen geladen war, klemmte noch ein älteres Projektil einer echten Patrone ohne Schießpulver.

»Ein Unfall?«, fragte Stöckl. »Schließe ich aus. Meine Platzpatronen sind TÜV-geprüft, also praktisch narrensicher. Wenn du mich fragst, Watzmann, ist das ein eiskalter Mord gewesen.«

»Mit einem hohen Maß an Theatralik«, ergänzte ich.

»Ich weiß, was du andeuten willst, Watzmann. Ich war es aber ganz bestimmt nicht. Welches Motiv sollte ich haben?«

»Eifersucht, Rache«, riet ich.

»Eifersüchtig auf wen? Rache an wem?«

»Eifersüchtig auf den Charly, Rache an der Moni.«

»Ich bitte dich.«

»Du hattest doch was mit der Moni«, legte ich meine Karten auf den Tisch.

»Behauptet wer?«

»Gewisse Leute.«

»Dann sage deinen gewissen Leuten, sie sollten besser ihr Maul halten. Ich bin verheiratet, Watzmann, und zwar ausgesprochen glücklich. Mit der Moni habe ich einfach nur wahnsinnig gern zusammengearbeitet. Ich habe ihr sogar die Hauptrolle in meinem ersten Film nächstes Jahr angeboten. Außerdem kenne ich sie schon seit einem Sommerworkshop für Nachwuchsschauspieler. Ich gebe manchmal Kurse. Unsere Beziehung war von Anfang an rein beruflich, eine Arbeitsbeziehung praktisch.«

»Wie bei Quentin Tarantino und Uma Thurman?«, fragte ich.

»Wie bei Alfred Hitchcock und Tippi Hedren«, sagte der Stöckl.

»Klaus Lemke und Cleo Kretschmer«, ergänzte ich.

Wir überlegten stumm, ob uns noch weitere Paarungen einfielen. Der Monaco Franze störte unsere Ruhe. Also nicht der Helmut Fischer selig, sondern der Klingelton der Fernsehserie auf meinem Handy.

»Helmut Dietl und Veronica Ferres«, fiel dem Harry noch ein Paar ein.

»Früher vielleicht«, sagte ich, drückte dann das Telefonsymbol auf dem kleinen Kästchen und hörte mir an, was am anderen Ende der Leitung gefragt wurde. »Nein. Ich brauche keine Hilfe, Magnum«, antworte ich und legte auf.

Ich wünschte, ich wäre ein menschlicher Polygraph. Es soll ja Menschen mit einer hohen Sensibilität für

Lügen geben. Aber wahrscheinlich arbeiten die alle beim FBI. Ich glaubte dem Harry, trotz fehlender Fähigkeiten auf dem Gebiet, dass er nichts mit dem Mord zu schaffen hatte. Die Art der Tötung ließ mich allerdings weiterhin auf einen Theatermenschen schließen. Auf jemanden, der nicht nur töten, sondern mit seiner Tat etwas aussagen wollte. Was, war eine dieser ungeklärten Fragen. Und wer, natürlich.

»Den Charly habe ich ja nur als Romeo besetzt, weil der Lipschitz darauf gedrängt hat, obwohl mir eigentlich der Bob von Anfang an lieber gewesen wäre.«

»Warum wolltest du den Charly nicht?«, wollte ich wissen. Immerhin sei er ein Ausnahmetalent gewesen. Ein Charaktermime, der neue Kinski.

»Charlys Problem war fehlender Teamgeist. Und Theaterarbeit ist bei aller Individualität und Rivalität letztlich ein Gemeinschaftswerk. Ein Rädchen muss in das andere greifen, sonst gerät das ganze Gebilde ins Stocken. Als Einzelner musst du dich auch mal zurücknehmen können. Es bringt nichts, wenn nur du allein gut dastehst. Die Theaterstatik verlangt tragende Säulen.«

»Der Lipschitz hat auf den Charly bestanden? Wieso?«

»Soviel ich weiß, hat ihn die Moni so lange bezirzt, bis er nicht mehr anders konnte oder wollte oder was auch immer. Der Lipschitz ist auf die Moni abgefahren. Er hat ihr aus der Hand gefressen. Monis Wunsch war ihm Befehl. Wobei ich nicht glaube, dass sie in ihn verliebt war.«

»Sondern?«

»Die Moni wusste genau, wie sie den Lipschitz um

den Finger wickeln konnte. Sie war eine extrem kluge, selbstbewusste und kalkulierende Frau. Sie wollte, dass der Charly die Hauptrolle bekommt, damit er sich für andere Produktionen empfehlen konnte.«

»Du meinst, sie hat aus Liebe zum Charly mit dem Lipschitz geschlafen?«

Stöckl nickte. »Wusstest du das nicht?«

»Was?«, fragte ich.

»Dass die beiden seit einem halben Jahr verheiratet waren.«

»Der Lipschitz und die Moni?«

»Nein, die Moni und der Charly.«

Ich atmete eine große Menge CO_2 aus.

27

Gabriel erwartete mich bereits voller neugieriger Sehnsucht. Den Wein hatte er dankenswerterweise atmen lassen. Ein Glas konnte ich jetzt gut vertragen, obwohl ich noch immer leichten Kopfschmerz spürte. Ich musste es ja nicht gleich auf einen Zug austrinken. Was an der schönen Gesamtimpression störte, war die Katze. Bill tigerte wie wild durch meine Beine. Beinahe wäre ich schon wieder über das blöde Vieh gestolpert.

Mangels Alternativen musste ich dem Josef Bills Brekkies servieren. Die Katze konnte das überhaupt nicht gut verkraften. Immer wieder drängte sie den armen Hund vom Fressnapf weg. Sie gönnte ihm kein bisschen Futter. Josef nahm es gelassen hin. Mit stoischer Ruhe beendete er seine Mahlzeit, nachdem ihm Bill mehrmals mit der Pfote eine übergebraten hatte. Dann legte er sich in eine Terrassenecke schlafen.

»Wie lange bleibt der Köter?«, fragte mein Mitbewohner.

»Und selber?«, fragte ich zurück.

»Mal schauen.«

»Genau.«

Ich musste unbedingt Maja informieren, dass der Josef noch bei mir war. Nicht dass sie sich Sorgen machte. Andererseits hätte sie sich auch bei mir melden können. Meine Nummer steht im Telefonbuch.

»Schach?«, bot der Obermeister, der noch immer seine Berufstracht trug, eine Partie an. Ich lehnte dankend ab. Mir war nicht nach spielen.

»Dann halt nicht«, sagte der Gabriel und wirkte irgendwie beleidigt.

Ich probierte stattdessen den Rotwein. Der Maître reichte dazu Käse und Weißbrot mit vielen bösen, weil leeren Kohlehydraten.

»Gibt's was Neues?«, wollte ich wissen.

»Erst du«, gab Gabriel den Takt vor.

Auf dem Weg von der Kirche nach Hause hatte ich mir so meine Gedanken über den Fall gemacht. Bob und Susi schloss ich als Mörder aus. Sie sind zwar ehrgeizig, aber das nicht krankhaft, und sie würden nicht für eine Rolle töten. Das stand in keiner Relation zu ihren Zukunftsperspektiven. Ich strich die beiden von meiner Liste der Verdächtigen.

Auch dem Stöckl Harry traute ich keinen Mord zu. Sicher, er ist manchmal aufbrausend, aber eigentlich nur während der Arbeit. Wenn, dann ist er der typische Kandidat für Totschlag. Heimtücke ist nicht seine Art. Außerdem: Wer tötet schon sein bestes Pferd im Stall? Mit der Moni hatte er offenbar noch große Pläne. Ich glaubte ihm, dass er nichts mit ihr hatte, auch wenn es für den einen oder anderen Beobachter von außen vielleicht so ausgesehen haben mochte. Ich glaubte ihm auch, dass er das Scheinwerferlicht im Zuge der mörderischen Premiere nicht brauchte. Er war längst auf die Erfolgsspur eingebogen – mit harter Arbeit und weniger mit selbstgefälligen Inszenierungen, wie sie die Medienschaffenden so lieben.

»Der Charly und die Moni waren verheiratet«, berichtete ich dem Gabriel.

»Jetzt echt, oder?«, fragte er erstaunt.

Ich bejahte. Außerdem erzählte ich ihm von den Platzpatronen.

Der Gabriel sagte dann, dass er sich die Aufnahmen von der Premiere beim Regionalfernsehen in Rosenheim angeschaut hatte.

»Und?«

»Die Volontärin«, schwärmte er.

»Was ist mit der?«

»Die ist vielleicht hübsch.«

»Weiter im Programm«, bat ich.

»Den Kritiker habe ich mit Charly reden sehen. Ansonsten waren nur Theaterleute auf der Bühne. Auch während der Pause waren da keine Unbefugten. Also entweder hat der Mörder die Patronen und das Gift vor Beginn der Aufführung ausgetauscht oder ...«

»Vorher war alles in Ordnung. Ich habe mit der Requisiteurin gesprochen. Die hat versichert, dass sie dem Charly in der Pause ein neues Magazin mit den präparierten Patronen gegeben und Wasser direkt aus der Leitung in Romeos Giftfläschchen gefüllt hat.«

»Also muss es ein Insider gewesen sein.«

Ich strich meine Neuperlacher Freunde von der Liste.

»Es sei denn ...«, setzte ich an.

»Die Moni und der Charly waren es doch selber.«

Ich schüttelte den Kopf. Daran glaubte ich nicht. Außerdem musste ich die ganze Zeit niesen.

»Nimm bitte die Scheißkatze weg«, befahl ich Gabriel.

»Was hast du eigentlich gegen Bill?«

»Katzenallergie«, riet ich.

Am nächsten Morgen fragte Maja telefonisch nach, ob der Josef noch ein paar Tage bei mir bleiben dürfe, weil wir uns doch eh so gut verstünden und sie unbedingt und ganz dringend nach Ibiza müsse. Ich war einverstanden. Den Josef konnte ich wirklich sehr gut leiden, er erinnerte mich an meinen Onkel.

Der Andrang im Theater riss nicht ab. Natürlich meinte es auch der Wettergott gut mit uns, aber so eine Menschenmasse hat es hier lange nicht gegeben. Für gewöhnlich haben in Wasserburg nur die megaerfolgreichen Basketballfrauen ähnlich großen Zuspruch.

Der Marktwert des Großkritikers Paul Stadlhuber steigerte sich ebenfalls stündlich. Ich weiß nicht, wer diesen Alberich zum Haus- und Hofexperten befördert hatte. Jedenfalls bezog er in wirklich jedem Boulevardmagazin zu den Ereignissen Stellung und schwadronierte über die Qualitäten von Charly und Moni, die er ja höchstpersönlich selber als Vorsitzender des Prüfungskomitees an die Schauspielschule geholt hatte.

Außerdem hörte er gar nicht mehr auf, dem Lipschitz seinen Bauch zu pinseln. Was der in der Provinz alles erreicht habe, das qualifiziere ihn längst für Größeres. Stadlhuber versprach, bei der Intendantensuche an den Münchner Kammerspielen sein Gewicht in die Waagschale zu werfen.

»Das sind dann mal locker hundertfuffzig Kilo«,

hielt ich Zwiesprache mit meinem Fernseher. Der Josef bellte zustimmend. Vielleicht bellte er aber auch bloß, weil ihn die Katze schon wieder ärgerte. Ständig fiel sie über den armen Hund her.

Je breiter Stadlhubers Lächeln wurde, desto schmaler wurde es bei Kuno Lipschitz. »Der Worte sind genug gewechselt«, entschied er und erteilte sich Sprechverbot. »Maulkorb«, nennen das die Bundesliga-Manager.

»Was ist los?«, fragte ich ihn kurz vor unserer Samstagabendvorstellung. Am späten Nachmittag hatte er mit der Sparkasse und einer Käserei zwei neue Sponsoren präsentieren können. Damit war der Etat des Stadttheaters für weitere drei Jahre gesichert.

»Nichts«, seufzte er.

»Echt nicht?«

Lipschitz zuckte mit den Schultern.

»Hast du schon was rausgefunden, Watzmann?«

Jetzt zuckte ich mit den Schultern und erklärte, dass ich bislang nur den Kreis der Verdächtigen einschränken konnte. Mehr leider nicht.

»Warum tötet jemand so ein liebes Mädel?«, fragte Lipschitz resigniert. Seine Körpersprache sprach Bände. Nichts war mehr mit Nase oben.

»Du vergisst den Charly«, erinnerte ich den Intendanten an das zweite, chronologisch gesehen, sogar erste Opfer, weil sich ja der Romeo zuerst vergiftet und sich dann erst die Julia erschießt.

Lipschitz reagierte auf diesen Einwand nicht. Sein Blick ging ins Leere. Irgendwann sagte er, dass er für nichts seine Frau verlassen, sein Haus aufgegeben und sein bisheriges Leben verloren habe.

»So schlimm wird's schon nicht sein«, versuchte ich mich als Tröster.

Lipschitz rang sich ein Lächeln ab. »Du müsstest mal die Pension sehen, in der ich jetzt hause.«

»Du wohnst in einer Pension?«

»Ja.«

»Warum?«

»Meine Frau hat mich rausgeschmissen.«

»Scheiße passiert«, sagte ich.

Lipschitz nickte. »Du hast schon recht, Watzmann. Das Leben geht weiter. Ich wäre dir trotzdem sehr verbunden.«

»Wenn?«

»Du Monis Mörder finden würdest.«

»Leichter gesagt als getan«, gab ich zu bedenken.

»Follow the money«, sagte Lipschitz ernst.

»Was soll das heißen?«, fragte ich.

»Folge dem Geld.«

»Englisch kann ich selber.«

»Wir treffen uns nächste Woche, wenn der ganze Trubel hier vorbei ist. Dann erzähle ich dir eine Geschichte.«

»Okay«, sagte ich. Ich konnte Kunos vage Andeutungen nicht recht deuten, aber jeder Hinweis zur Sache war mehr oder weniger hilfreich.

28

Noch nie in meinem Leben habe ich den Montag so herbeigesehnt wie während dieses Wochenendes. Als Amateur drei Tage am Stück Theater zu spielen zerrt gewaltig an Substanz und Nerven. Umso mehr freute ich mich jetzt auf ein gemütliches Frühstück.

Ich hatte in der Schranne frisch gebackenes Brot gekauft, beim Metzger Parmaschinken und in den Markthallen eine kleine Käseauswahl. Der Kaffee aus der Rösterei duftete fantastisch. Es war so gemütlich, dass ich seufzen musste. Zu meiner guten Laune trug auch bei, dass der Polizeiobermeister seit heute früh wieder Dienst schob.

Jetzt darf man nicht zu schlecht über den Gabriel reden. Ein schlechter Detektiv ist er nicht gewesen, nur manchmal etwas nervig – mit seinen ewigen Regeln, Vorschriften und Gesetzen.

Sagte ich soeben, alles war gemütlich? Alles, bis auf die Verfolgungsjagd. Josef hatte beschlossen, sich gegen Bills Anfeindungen endlich zu wehren. Die Katze provozierte ihn schon die ganze Zeit über. Irgendwann wird da sogar der gutmütigste Hund wütend. Konnte ich verstehen. Meine Sympathien lagen voll auf seiner Seite.

Erst hörte ich nur ein leises Knurren, das sich zu einem lauten Bellen steigerte. Das Rennen begann im Flur, führte in alle Räume und endete auf der Dachterrasse, wo sich Bill offenbar mit einem Vogel verwechselte. Er sprang fünf Stockwerke in die Tiefe.

Ich schaute erst zu Josef, dann vom Balkon. Bill stand dort unten etwas unschlüssig und mitgenommen auf allen vieren, aber er stand, nur halt mitten auf der Straße. Nicht unbedingt der beste Ort für eine Verschnaufpause. Den Kleinlaster hatte er wahrscheinlich nicht kommen sehen. Scheiße, dachte ich. »Josef«, sagte ich vorwurfsvoll. Der Hund stand unter Schock und verkroch sich winselnd in eine Ecke.

In Anbetracht der jüngsten Ereignisse war mein gemütlicher Tag ab sofort beendet. Ich zog den Pyjama aus und, den tragischen Umständen angemessen, einen schwarzen Anzug an. Dann wählte ich die Nummer der Wasserburger Polizeiinspektion und ließ mich von der Sekretärin mit dem Gabriel verbinden.

»Polizeiobermeister Gabriel«, meldete der sich nach einer ganzen Weile. Ich hielt mich nicht mit langen Vorreden auf. »Du, Gabriel«, sagte ich und geriet ins Stocken.

»Was gibt's?«

»Ich glaube, der Bill hat schon sechsmal gelebt«, klaute ich die Antwort aus meinem bayerischen Lieblingsfilm.

Der Gabriel zögerte.

»Wie meinst du das, Watzmann?«

»Deine Katze, meine ich. Der Bill. Also. Der Josef. Der Kleintransporter. Ist alles irgendwie unglücklich gelaufen.«

»Ja?«

»Bill killed«, fiel mir gerade nichts Besseres ein.

Gabriel reagierte zuerst nicht, dann hängte er ohne ein weiteres Wort den Hörer ein. Würde ich behaupten, dass ich die Katze mochte, wäre das sehr opportunistisch. Trotzdem fand ich, dass sie einen solchen Tod nicht verdient hatte. Ich war fast ein bisschen traurig und bekam Mitleid. Mehr mit dem Gabriel als mit der Katze. Aber das ist ja häufig so, dass man mit den Hinterbliebenen mehr trauert als mit den Opfern.

Aus Gründen der Pietät und weil es vor allem mein ästhetisches Empfinden störte, kratzte ich den Bill oder zumindest das, was von ihm übrig war, eigenhändig von der Straße. Seine sterblichen Überreste gab ich in einen Schuhkarton, um sie später dem Polizeiobermeister zu übergeben.

Der ließ auch nicht lange auf sich warten. Gleich die erste Mittagspause nach dem Urlaub opferte er für die Leichenschau. Standesgemäß kam er im Polizeiwagen angefahren. Aber ohne Blaulicht und Sirene.

»Wo ist er?«, fragte Gabriel knapp.

Ich überreichte die Schachtel. Gabriel öffnete den Deckel und linste hinein. Im selben Moment schossen ihm die Tränen in die Augen. Sofort verschwand er mit dem Schuhkarton im Gästezimmer.

Während Gabriel trauerte, schlug ich die Zeit mit der Wasserburger Zeitung tot, also mit ihrer Lektüre, um etwaigen Missverständnissen sofort den Wind aus den Segeln zu nehmen. Die Löwen hatten endlich mal wieder gewonnen, Wasserburg sollte auch dieses Jahr wieder leuchten, der Nachtflohmarkt ein voller Erfolg werden, der niedergeschlagene Hausmeister der Tierarztpraxis auf Rache sinnen und der Lipschitz auf halbem Weg nach München sein. In der Abendzeitung hatte der Kulturreferent der Landeshauptstadt Kunos Namen und den eines unbekannten Holländers im Zusammenhang mit der Intendanz der Kammerspiele genannt.

Das war alles mehr oder weniger interessant. Wie aber sollte man bitte ungestört die Lokalnachrichten studieren, wenn nur ein paar Türen weiter ein erwachsener Mann wie ein Schlosshund heult. Nach einiger Zeit konnte ich Gabriels Gejammer nicht mehr hören. Ich klopfte mit mehr Kraft als nötig an die Gästezimmertür und trat ein.

»Heulsuse!«, rief ich.

»Gefühlskrüppel!«, hielt Gabriel dagegen.

Ich entschuldigte mich für meine Wortwahl und behauptete, dass es mir aufrichtig leidtue, dass Bill tot sei, und dass ich selbstverständlich die Bestattungskosten übernähme.

»Das wird nicht billig«, drohte Gabriel und schnäuzte zweimal tief in sein Stofftaschentuch. »Wo ist der Mörder?«

»Josef ist unschuldig«, antwortete ich prompt und schwafelte etwas von einer Verkettung unglücklicher Umstände, an deren Ende Bill überfahren wurde. Josef habe sich nur wie ein Hund verhalten. Außerdem sei die Katze selber schuld gewesen, mit ihren ewigen Provokationen.

Gabriel winkte ab. »Ich will den Köter nicht mehr sehen«, sagte er ernst.

»Der Hund bleibt«, sagte ich.

»Tut er nicht.«

»Es steht dir frei, zu gehen.«

Gabriel wog seine Alternativen gegeneinander ab und entschied: »Der Hund bleibt?«

Ich nickte.

»Wie lange noch?«

»Vielleicht ein paar Tage.«

Gabriel schob den Schuhkarton mit dem Katzenkadaver unters Bett. »Wir sollten ihn möglichst schnell unter die Erde bringen.« Gabriel schien gefasst. Er zog sich seine Polizistenmütze tief in die Stirn, warf einen kontrollierenden Blick in den Garderobenspiegel, verließ die Wohnung und drückte den Aufzugknopf.

Ich lief ihm nach – teils aus Langeweile, teils aus Neugier fragte ich, wo er hinfahre.

»Ach«, seufzte er, »reine Routineangelegenheit.«

Einbruch in eine Tierarztpraxis. Der Hausmeister wolle unbedingt eine Aussage machen. Weil er sich jetzt angeblich an das Gesicht des Täters erinnern kann. »Wenn du mich fragst, Sherlock, ist das ein Wichtigtuer. Mit solchen Leuten müssen wir unsere Zeit vergeuden, die wir auch besser nutzen könnten. Aber Befehl vom Inspektionsleiter.«

»Befehl ist Befehl«, warf ich ein. Ich erinnerte mich an die Einbruchsmeldung und wollte vom Obermeister wissen, ob das der Mann sei.

»Das ist er. Morgen wird er aus dem Krankenhaus entlassen. So schlimm kann's nicht gewesen sein. Da ist oft viel Schauspielerei dabei.«

Ich fragte, ob ich ins Krankenhaus mitfahren dürfe.

»Von mir aus«, sagte Gabriel, aber der Hund komme ihm nicht ins Polizeiauto.

»Na gut«, erklärte ich mich einverstanden und stieg zu Gabriel in den Aufzug. Der Josef musste jetzt einfach allein mit der Situation fertig werden. Und wenn er das nicht konnte, musste ihn die Maja eben zu einem Tierpsychologen schicken. Meine Verantwortung ihm gegenüber war schließlich auch irgendwo begrenzt.

Zum Kreiskrankenhaus ist es von der Altstadt nur ein Katzensprung, pardon, eine kurze Fahrt. Im Prinzip einfach nur den Berg hoch. Keine fünf Minuten später parkte Gabriel seinen Wagen.

Eigentlich hatte ich vor, kurz bei meinem türkischen Patienten vorbeizuschauen und dem Heinz, Flori, Mehmet und Sinan den Stand der Dinge, wie ich ihn sah, vorzutragen. Vor allem, dass sich ihr Verdacht, die Münchner Schwiegerfamilie betreffend, nicht erhärtet habe. Zumindest nicht, was den Doppelmord anging.

Gabriel schimpfte den ganzen Weg vom hinterletzten Eck des Besucherparkplatzes bis zum fischigen Klinikbrunnen auf den Simulanten. Er hatte seinen Notizblock gezückt und rezitierte daraus, was bei dem Einbruch in die Tierarztpraxis entwendet wurde. Der Veterinär habe ihm am Morgen die kurze Liste durchgefaxt: hundertacht Euro und vier Ampullen Esconarkon.

»Was ist das denn?«, fragte ich.

»Jetzt aber!«, schimpfte mich Gabriel. »Das habe ich dir doch schon mal erklärt.«

Ich konnte mich beim besten Willen nicht erinnern.

»Als wir um den Kesselsee gewandert sind.«

Ich musste meine grauen Zellen anschmeißen. »Nein.

Du hast nur was von einem Schlafmittel gesagt. Pentobarbital.«

Ach du liebe Scheiße! Gabriel und ich blickten uns in die Augen. Er nickte, ich nickte. Wir fingen an zu rennen.

»Wo liegt er?«, schrie Gabriel die Frau am Empfang an.

»Wer?«, schrie die zurück.

»Der Hausmeister!«

»Unser Hausmeister?«

»Nein!«

Gabriel blätterte hektisch in seinem Notizblock. Ich durchpflügte gleichzeitig mein Gedächtnis. In der Zeitung stand der Name. Da war ich mir ganz sicher. Weil ich noch gelacht habe, wegen der Ähnlichkeit zu dieser Fernsehserie.

»Hausmeister …«, setzte der Polizeiobermeister an.

»Kraus«, vollendete ich.

Die Empfangsdame nannte uns die Zimmernummer auswendig, ohne im Computer nachschauen zu müssen, weil erst vor ein paar Minuten so ein freundlicher Herr nach der Zimmernummer gefragt habe: 207. Das sei ja toll, sonst habe der Herr Kraus nie Besuch bekommen.

Im Treppenhaus erklärte mir der Gabriel im Laufen, dass Natrium-Pentobarbital – womit ja der Charly getötet wurde – in der Veterinärmedizin intravenös oder intraperitonal injiziert werde und dass es ein synthetisch hergestelltes Derivat der Barbitursäure sei. »Ein geruchloses, leicht bitter schmeckendes, weißes, kristallines Pulver. Sehr gut in Wasser oder Alkohol löslich.«

Ich war so konzentriert auf Gabriels Vortrag und

die Stufen, dass ich nicht bemerkte, wie ich beinahe jemanden über den Haufen gerannt hätte. Im letzten Augenblick konnte der Gegenverkehr mit einem schnellen Sprung zur Seite ausweichen.

Ein paar Stufen weiter drehte ich mich um, um schnell »Entschuldigung« zu sagen. So viel Höflichkeit muss sein. Aber da war der Seitenspringer schon verschwunden. Komisch, dachte ich noch.

»Wo ist die zwei null sieben?«, brüllte ich das halbe Krankenhaus zusammen, als wir endlich auf den richtigen Flur einbogen.

»Was ist hier los?«, fragte die Schwester Gerda streng, »Herr Watzmann!«

»Notfall«, schrie ich. Erklärung später. Weil keine Zeit mehr.

Die Krankenschwester ging voraus, der Gabriel und ich trieben sie an.

Gerda öffnete das Krankenzimmer. Kraus lag in seinem Bett, ohne sich zu regen. Sein Zimmerkollege legte den Zeigefinger auf die Lippen. Der Peter sei gerade eingeschlafen. Die Schwester versuchte, ihn zu wecken. Aber alles rütteln und schütteln half nichts.

»Das können Sie lange versuchen. Der Arzt war gerade da und hat ihm eine Spritze gegeben. Gegen die Schmerzen. Damit er ein bisschen schläft.«

»Welcher Arzt?«, fragte Gerda.

Der Bettnachbar beschrieb ihn. Die Schwester sah mich mit weit aufgerissenen Augen erschrocken an. »So einen haben wir hier nicht!«

»Sofort intubieren«, gab ich Anweisung.

»Was?«, fragte die Schwester leicht hysterisch.

»Nicht fragen: machen. Vertrauen Sie mir. Ich weiß,

was ich tue«, gab ich heraus, Stichwort: Halbgott in Weiß. Wozu ein halbes Medizinstudium doch manchmal gut ist. »Pentobarbital«, lieferte ich der Schwester die entsprechende Erklärung. Sie verstand sofort.

»Aber woher wissen Sie?«

Ich deutete auf den Polizeiobermeister.

Innerhalb kürzester Zeit setzte unsere Krankenschwester die Maschinerie in Gang, Kraus kam an ein Beatmungsgerät. Schon am frühen Nachmittag gab der richtige Arzt Entwarnung. Der Patient sei über dem Berg.

»Vielen Dank, Herr Kollege«, bedankte sich der Doktor.

»Keine Ursache«, sagte ich. Man tue, was man könne. Und das gerne.

In der Zwischenzeit hatte der Gabriel den Kunstlehrer vom Gymnasium für seine Zwecke rekrutiert und ins Krankenhaus gebracht. Er sollte nach den Angaben von Kraus' Zimmerkollegen ein Phantombild erstellen.

Ich saß gerade mit Schwester Gerda beim Essen in der Cafeteria, als der Gabriel mit dem Lehrer und dem Bild ankam.

»Kennst du den?«, wollte er wissen.

»Freilich. Das ist mein ehemaliger Kunstlehrer.«

»Den Typ auf dem Bild«, präzisierte Gabriel.

Ich schaute mir die Bleistiftzeichnung an, fragte den Lehrer, ob er einen Radiergummi einstecken habe. Ich entfernte den Schnauzbart und die Locken.

»Vier Schnaps«, schmiss ich eine kleine Lokalrunde.

29

Ein solches Polizeiaufgebot hatte ich bisher nur in Stirb-Langsam-Filmen mit Bruce Willis gesehen. An die zwanzig Einsatzwagen standen auf dem schmalen Feldweg zur Pension. Mithilfe moderner Technik, Stichwort: Handy-Ortung, war es ein Leichtes gewesen, den Aufenthaltsort von Kuno Lipschitz herauszufinden. Ohne Bart und lange Haare hatten sogar Gerda und Gabriel den falschen Arzt identifizieren können.

Der Polizeiobermeister hatte aber nicht nur den Großeinsatz ins Rollen gebracht, sondern war in Absprache mit dem Kriminalhauptkommissar Valentin auch für dessen Koordination zuständig. Dank seiner Fürsprache durfte ich in zweiter Reihe mit von der Partie sein. Valentins Assistent Rossi war zu Gabriels Befehlsempfänger degradiert worden, was mich sehr freute, den Kriminaloberkommissar aber maßlos wurmte.

Als geschulter Verbrecher weißt du, dass du dein Handy wegschmeißen musst, wenn dir die Polizei im Nacken sitzt. Der Lipschitz aber war nur ein Amateurverbrecher, der sich um solche Banalitäten nicht groß scherte. Schwamm drüber.

»Ich bin kein schlechter Mensch, Watzmann«, schwor er. Ich hatte ihn noch in der Cafeteria angerufen.

»Immerhin hast du zwei Menschen auf dem Gewissen, fast drei.«

»Was?«

»Ich habe es mal bis zum Arzt im Praktikum geschafft«, erklärte ich. »Pentobarbital führt zum Aussetzen der Atmung. Von den Sterbehilfeorganisationen wird das gern verwendet. Weil es als humanes Gift gilt. Du stirbst im Schlaf. Aber das weißt du ja.«

»Ich dachte, du hättest mich schon im Treppenhaus erkannt.«

Wir schwiegen. Dann sagte der Lipschitz, dass er jetzt auflegen werde. »Ich habe die Moni nicht getötet. Ich habe sie geliebt. Wir hätten eine glückliche Familie werden können.«

»Dein Kind hat sie aber abgetrieben«, entgegnete ich kühl.

»Was?«

»Lipschitz, pass auf. Ich gebe dir zwei Stunden, um dich der Polizei zu stellen. Wie du das machst, ist mir egal. Andernfalls lasse ich die Kettenhunde von der Leine.« Man sei schließlich kein Unmensch. Außerdem, versuchte ich dem Kuno klarzumachen, würde sich das vor Gericht positiv aufs Strafmaß auswirken.

»Ich überleg's mir«, verabschiedete er sich.

Zwei Stunden später funkte Gabriel seine Kollegen an, um nachzufragen, ob sich der Theatermörder schon gestellt habe. Nachdem niemand etwas von einem Geständnis wusste, verständigte der Gabriel die zuständige Staatsanwältin. Die wiederum verständigte die Armada. Und so standen wir nun hier mitten im schönen Chiemgau auf einer kleinen Anhöhe mit Blick auf den Chiemsee.

Die Pension war vor dem Eintreffen der Polizeiflotte in aller Stille evakuiert worden, ein Hubschrauber kreiste nun über dem Geschehen. Gabriel gab dem Mobilen Einsatzkommando das verabredete Zeichen.

Kaum zwei Minuten später kamen die Jungs aber schon wieder nach draußen. Ihr Boss suchte Blickkontakt mit Gabriel und schüttelte den Kopf. Der Mann, der im Badezimmer in einer mit Wasser gefüllten Wanne liege, habe die Augen geschlossen. Er sei tot. Das Pensionszimmer sei abgedunkelt. Drei leere Whiskyflaschen lägen auf dem Boden. Die Tatort-Ermittler übernahmen das Kommando.

Erst als sämtliche Spuren gesichert waren, darunter eine leere Barbiturat-Ampulle und ein Magazin mit Platzpatronen für die Glock, durfte ich einen Blick auf den Toten werfen. Das Badewasser war rot gefärbt. Lipschitz hatte sich mit einem Rasiermesser die Pulsadern fachmännisch, also der Länge nach, aufgeschlitzt.

Der Gerichtsmediziner stellte später eine Blutalkoholkonzentration von fast vier Promille fest. »Lipschitz war voll wie eine Panzerhaubitze«, erklärte er in seinen Worten. Viel habe er von seinem eigenen Tod wahrscheinlich nicht mehr mitbekommen. So viel Glück müsse man erst mal haben.

Der Kriminaloberkommissar wies mich auf Kunos Abschiedsbrief hin, den der ganz ohne Zweifel vor seinem Wannenabenteuer auf dem Laptop getippt und ins Gästebuch auf die Theaterhomepage gestellt hatte. Der Eintrag war gleichzeitig ein Geständnis.

Ja, schrieb Lipschitz, er sei Monis und Charlys Mörder. Aus Geltungssucht habe er so gehandelt, weil er um das anschließende Medienspektakel wusste. Weil er sich so erhofft habe, die überregionale Aufmerksamkeit zu bekommen, die er seiner Meinung nach längst verdiente. Auf dem Höhepunkt seines Schaffens sei nun ein guter Zeitpunkt gekommen, um von der Bühne abzutreten. Außerdem könne er – entgegen seiner ersten Einschätzung – mit der Schuld, die er auf sich geladen habe, nicht länger leben. Er ziehe den Tod dem Gefängnisleben vor. Abschließend bat er die Familien seiner Opfer um Vergebung. Leider habe er erst jetzt die Dimensionen seines Handelns begriffen. Lipschitz schloss mit einer kurzen Ballade, die er selbst gedichtet hatte: Kunst tötet.

War ich doch der Kunst so nah
Als ich das begriff, war es schon zu spät
Dennoch ging ich fort und fort
Und am Ende stand der Tod.

Zu töten mich die Kunst gewagt
Ich hielt entgegen und verlor
Die Schlacht verlorn, den Krieg noch nicht
Ich werd kämpfen Stich um Stich.

Muss ich mich einst dennoch beugen
Mit wehenden Fahnen solls geschehn
Und falls ich doch den Krieg gewänne
Wär's trotzdem wohl das Ende.

Die Kripobeamten protzten mit ihrer sensationellen Aufklärungsquote. »Achtundneunzig Prozent«, meldete Valentin. »Aller Tötungsdelikte«, ergänzte Rossi.

»Mal abgesehen von den unentdeckten Morden, die offiziell als Unfälle ausgewiesen werden«, sagte ich ohne weiteren Kommentar.

»Lipschitz war von Anfang an unser Topfavorit«, hob der Hauptkommissar nach ein paar Sekunden Stille wieder an. »Er hatte ein Motiv, er hatte die Möglichkeiten. Nur schade, dass er so feige war, sich der gerechten Strafe zu entziehen.«

»Gott wird über ihn richten«, wusste Rossi.

»Ich denke, wir können der jungen Frau Staatsanwältin empfehlen, den Fall abzuschließen. Es ist ihr erster Mord, Sherlock.«

»Wir gehen noch zum Bruno«, sagte Gabriel.

»Ich gebe einen aus«, verkündete der Kripochef mit einem fetten Siegergrinsen.

»Viel Spaß«, schlug ich die Einladung aus und bat Gabriel, mich nach Hause zu fahren. Der Polizeiobermeister schaute kurz zu den Kommissaren.

»Wir treffen dich in der Theaterkantine. Übrigens, gute Arbeit, Herr Polizeiobermeister.«

Gabriel strahlte. Zurück zu Hause stieg ich wortlos aus dem Wagen. Gabriel hupte und ließ das Seitenfenster herunter.

»Was ist?«

»Ich hab noch was für dich.« Gabriel reichte mir einen Briefumschlag durchs Fenster, der an WATZMANN adressiert war.

»Das bist doch du, Sherlock, oder?«

»Wo hast du den her?«

»Ja mei.«

»Spuck's aus.«

»Den habe ich in Kunos Pensionskleiderschrank unter den Unterhosen gefunden.«

»Und deine Regeln?«

»Sind da, um sie gelegentlich zu brechen.«

»Danke, Gabriel.«

»Passt schon.«

Ein paar Gläser später konnte ich mich endlich überwinden, den Umschlag zu öffnen. Ich hoffte auf eine letzte Kehrtwende im Mordfall.

»Bereit?«, fragte ich den Josef.

Er bellte.

30

Kassandras Morgensendung bei Radio Altstadt, die ich während der Autofahrt aufmerksam verfolgte, war einmal mehr eine seltene Ausnahme von den Jubelarien auf die Polizei, die auf allen Sendern und sogar im Fernsehen gesungen wurden. In ihrer – journalistisch gesehen – gewohnt souverän-misstrauischen Art trug sie, auf mehrere Beiträge verteilt, die Fakten punktgenau zusammen, beleuchtete die Hintergründe, skizzierte wie ein weiblicher Guido Knopp die Vorgeschichte und unterhielt sich mit den Kommissaren, aber auch mit Theatertheoretikern und -machern. Die Kommissare gaben sich als große Sieger, sagten, dass sich Verbrechen nicht lohne, dass sie noch jeden gekriegt hätten und dass die Kriminalitätsbekämpfung in Bayern bundesweite Spitze sei. Im befreundeten deutschen Ausland wissen die Menschen unsere Spitzenleistungen mittlerweile mit Humor zu nehmen.

Den Abschluss von Kassandras Potpourri bildete ein Interview mit einem forensischen Psychiater aus München, der für die meisten Gewaltverbrecher Gutachten anfertigte. Er war sich in seiner vorübergehenden, aus der Ferne diagnostizierten Einschätzung des vermeintlichen Täters, wie er Kuno Lipschitz nannte, weit weniger sicher als die Kripoleute. »Es knirscht an vielen Ecken«, sagte er. Natürlich habe er sich in der Kürze der Zeit nur einen unzulänglichen Überblick verschaffen können, Gespräche und psychologische Tests habe es ja nicht gegeben, aber so einfach sollten es sich die Behörden eigentlich nicht machen.

»Was ist mit dem Abschiedsbrief?«, fragte Kassandra.

»Könnte ein billiger Trick sein.«

»Das Gift in Lipschitz' Zimmer?«

»Punkt für Sie. Aber auch das …«

Kassandra ließ den Professor nicht ausreden.

»Es gibt einen Zeugen, der ihn bei einem Mordversuch beobachtet hat. Auch hier kam Natrium-Pentobarbital zum Einsatz.«

»Gewiss.«

»Aber?«

»Wenn, dann beweist das letztlich nur, dass Lipschitz Charly Pankraz getötet hat. Soweit ich informiert bin, ist das Mordwerkzeug bei Moni Öztürk ein anderes gewesen.«

»Eine Glock 17«, sagte die Moderatorin.

»Sehen Sie«, meinte der Arzt.

»Was wollen Sie andeuten, Herr Professor?«

»Ich will gar nichts andeuten. Ich halte mich an die Fakten. Und die scheinen mir nicht ganz so eindeutig zu sein, wie sie in der Öffentlichkeit verkauft werden. Ich warne lediglich vor einem vorschnellen Urteil. Wenn ich in dreißig Berufsjahren in der Psychiatrie eines gelernt habe, dann das.«

Mich bestärkte seine Haltung, den Fall nicht zu den Akten zu legen. Mochte die Staatsanwaltschaft so verfahren, das Detektivbüro Watzmann nicht.

»Mein aufrichtiges Beleid«, wünschte ich Kunos Witwe.

Jasmin Lipschitz nickte. Sie war ungeschminkt, um die vierzig und hatte Ringe unter den mit roten Äderchen durchzogenen Augen.

»Was darf ich Ihnen anbieten, Herr Watzmann?«, fragte sie und schob nach, dass sie gerade einen Tee aufgesetzt habe.

»Dann nehme ich eine Tasse. Mit etwas Milch, viel Zucker.«

»Früchtetee.«

»Dann keine Milch.«

Manchmal ertappt man die besten Schauspieler dabei, dass sie einem ihre Rolle vorspielen. Die Rolle des Märtyrers, des betrogenen Ehemanns, des coolen Typen, den nichts mehr im Leben umhaut. Jasmin Lipschitz – so viel Sensibilität hatte ich – spielte keine Rolle. Sie trauerte wirklich.

Mir gefiel das kleine Hexenhäuschen in der Filzen. Wenn sich Hase und Igel tatsächlich irgendwo Gute Nacht wünschten, dann bestimmt hier. Im wilden Garten grasten vier Schafe. »Nett«, sagte ich und deutete mit dem Zeigefinger auf die natürlichen Rasenmäher.

»Das fünfte ist uns leider gestorben. Ganz plötzlich. Klara war mein Lieblingsschaf. Zwei Tage später ist mein Mann ausgezogen.«

»Sie haben Kuno rausgeschmissen, Jasmin«, erinnerte ich sie.

»Er hatte eine andere. Sollte ich die vielleicht zum Essen einladen?«

»Die Moni«, gab ich der anderen einen Namen.

»So hieß sie wohl.«

»Können Sie sich vorstellen, warum der Kuno die Moni umgebracht hat?«

»Das kann ich nicht.«

»Warum nicht?«

Die Lipschitz drehte sich mit dem Gesicht zum Fenster, nippte an ihrem Tee und ließ einige Zeit verstreichen, bevor sie antwortete: »Sehen Sie, Herr Watzmann, Sie heißen doch Watzmann?«

»Sie können Johann zu mir sagen.«

Frau Lipschitz lächelte.

»Sehen Sie, Johann, unsere Ehe ist schon lange nicht mehr die glücklichste gewesen. Mein Mann hat sich immer Kinder gewünscht. Er liebte Kinder. Von allen seinen Nichten und Neffen war er der Lieblingsonkel. Sie können mir glauben, wenn ich Ihnen sage, dass wir alles versucht haben. Hormontherapie, Psychotherapie, Sexualtherapie, künstliche Befruchtung. Das volle Programm. Trotzdem wurde ich nicht schwanger.«

»Aber Moni ...«, sagte ich.

»Aber Moni«, wiederholte Jasmin Lipschitz. »Er war so glücklich. Für Kuno ist ein Traum Wirklichkeit geworden. Für mich ist die Wirklichkeit zu einem Albtraum geworden. Ich war abgemeldet. Und ich war zu müde, um zu kämpfen. Also ließ ich meinen Mann ziehen.«

Sie schluckte.

»Um uns den Abschied zu erleichtern, habe ich ihm eine Szene gemacht. Ich habe getobt, gebrüllt, geschrien. Wie eine Furie. Ehrlich gesagt, war ich traurig und glücklich zugleich, als er gegangen ist.«

Sie schwieg.

»Ich bin nur froh, dass wir uns gestern wenigstens noch kurz gesprochen haben.«

»Sie haben mit ihm gesprochen?«, fragte ich.

»Am Telefon. Paul war auch da.«

»Paul Stadlhuber?«

»Paul ist ein Freund der Familie. Kuno hat ihm sein Elternhaus verkauft. Seitdem treffen wir uns regelmäßig. Mit Mausi gehe ich einmal im Monat ins Fischerstüberl essen.«

»Aha.«

»Als Paul aufgelegt hat, war alles noch in Ordnung.«

Moment. Ich hatte mehrere ganz dringende Fragen gleichzeitig, konnte mich aber nicht entscheiden, welcher ich den Vorzug geben sollte. Also stammelte ich erst ein bisschen herum, sammelte mich und probierte es dann noch mal: »Stadlhuber hat mit Kuno telefoniert?«

»Auf unserem Apparat. Nach mir. Ich habe ihm das Telefon in die Hand gedrückt.«

»Wann war das?«

»Am Nachmittag.«

»Wie hat Kuno da geklungen?«

»Was meinen Sie?«

»Suizidal?«

»Nein.« Jasmin Lipschitz überlegte. »Nein, ich hatte nicht das Gefühl.«

»War er betrunken?«

»Auch nicht. Kuno war im Grunde nie betrunken.

Er vertrug nicht viel. Und das wusste er selbst am besten.«

»Was hat er gesagt?«

»Dass ich nicht schlecht von ihm denken solle. Egal, was passiert. Und dass er jetzt bei der Staatsanwaltschaft anruft, um eine Aussage zu machen. Außerdem sagte Kuno, er sei sich ziemlich sicher, wer Moni getötet hat.«

»Kuno hat sich mit einem Rasiermesser die Pulsadern aufgeschlitzt«, erwähnte ich.

»Ja, seltsam.«

»Finde ich auch.«

»Kuno konnte kein Blut sehen«, versicherten wir uns gegenseitig.

»Vielleicht hat er deshalb so viel getrunken«, vermutete die Lipschitz. Allerdings sei ihr Mann ein Trockenrasierer aus Überzeugung gewesen, Stichwort: rotierende Blätter. Ich fragte, ob sie wusste, dass Moni das Kind hatte abtreiben lassen. Jasmin schüttelte den Kopf. Sie wirkte mindestens so überrascht wie betroffen.

»Was sagen Sie da?«

»Abtreibung«, wiederholte ich.

»Hat mein Mann das gewusst?«, fragte sie.

»Erst von mir.«

Ich schilderte ihr meine Sicht der Dinge. »Das Baby war ein Betriebsunfall in Monis Plan, Kuno für sich einzunehmen. Sie hatte ihm die Liebe bloß vorgespielt, um ihren Charly am Theater unterzubringen. Charly brauchte dringend eine Rolle.«

Jasmin Lipschitz blieb stumm.

»Der Plan ist aufgegangen. Wenn auch mit tödlichen Folgen.«

»Aus blinder Liebe«, fällte die Lipschitz ihr Privaturteil.

Ich stimmte ihr zu.

»Mein Mann hat geschworen, dass er die Moni nicht umgebracht hat.«

»Aber den Charly.«

Sie nickte.

»Und das Schaf war Kunos Versuchskaninchen«, stellte ich abschließend fest.

31

Mit aufgekrempelten Hemdsärmeln stand der Gabriel, geschützt vor der prallen Sonne, in einer schattigen Ecke seines Schrebergartens. »Ich wusste ja gar nicht, dass du gärtnerst«, begrüßte ich ihn. Gabriel erklärte, während er mit seiner Schaufel die trockene Erde umpflügte, dass das sein Hobby sei. Aber das müsse er ja nicht an die große Glocke hängen, zumal das Gärtnern nicht unbedingt zu den mondänsten Freizeitbeschäftigungen zähle und er den Spott der Extremsportler in der Inspektion nicht ernten wolle.

»Geheimgärtner«, nannte ich ihn.

»Der ewige Gärtner«, entgegnete Gabriel. Er brauche die körperliche Arbeit. Als Ausgleich zum Büroalltag. Denn es sei ja ein ebenso falsches wie weit verbreitetes Märchen, dass die Polizisten den ganzen Tag draußen unterwegs seien. Die Kärrnerarbeit werde am Schreibtisch erledigt. »In der zehnten Klasse Realschule habe ich sogar kurz überlegt, statt Polizist Gärtner zu lernen.«

»Aber?«, wollte ich wissen.

»Du weißt schon.«

»Die Straßen von San Francisco«, riet ich.

»Nur leider sind die Ledererzeile oder die Herrengasse nicht halb so spannend«, seufzte Gabriel.

Im Fernsehen ist ohnehin immer alles aufregender als im echten Leben. Die Frauen sind schöner, die Männer reicher, der Sex akrobatischer, die Klippen schroffer, die Fischerdörfer malerischer, Schweden schwedischer, Cornwall britischer, die Polizisten cooler und die Detektive gewitzter. Ich stellte mir Josef einen Moment als »Lassie« vor. Ein unaufgeregter Blick auf meinen Partner mit der kalten Schnauze genügte aber – er schlief schon wieder den Schlaf der Gerechten. Außerdem hätte der Josef den Stress und die Hektik am Set bestimmt nicht gut vertragen. Er eignete sich leider nicht zum Filmstar.

Passenderweise verschlief er Bills Beerdigung. Nachdem Gabriel ein riesiges Erdloch gegraben hatte, das für eine Katze viel zu groß ausfiel, legte er den Schuhkarton hinein, sprach ein paar Worte und schaufelte anschließend das Loch wieder zu. Ich stand mit gefalteten Händen daneben. Als Gabriel mit dem Zuschaufeln endlich fertig war, steckte er ein Kreuz auf das Katzengrab und legte ein Foto aus besseren Tagen daneben.

»Eigentlich sollte der Kirchenchor jetzt singen: Amazing Grace. Aber der Stadtpfarrer hat es seinen Sängern verboten.«

»Zu Recht«, sagte ich.

»Dann singst halt du«, meinte Gabriel.

»Vergiss es. Ich kann nicht singen.«

»Es war aber dein Hund.«

»Was?«

»Bills Mörder.«

»Majas Hund«, korrigierte ich ihn.

»Auf geht's«, befahl Gabriel trotzdem.

Ich kam mir zwar ein wenig blöd vor, aber egal. Der Gabriel wollte »Amazing Grace«, er sollte »Amazing Grace« bekommen. Katzenmusik im wahrsten Sinn des Wortes. Und als Zugabe »Highway to hell« – aus dem Autoradio. Eigentlich fuhren wir nur auf die andere Straßenseite, zu Brunos Theaterkantine, aber für Bruno hatten wir uns erst entschieden, nachdem wir die Altstadt bereits zweimal umrundet hatten. Wir aßen in Rekordzeit.

»Du zahlst die Totensuppe«, sagte Gabriel.

»Aber deine Katze ist doch gestorben.«

»Ja und?«

»Die Familie der Verstorbenen begleicht die Rechnung.«

»Höchste Zeit, mit dieser Tradition zu brechen.«

Ein leicht schlechtes Gewissen wegen Bills jähem Ende hatte ich schon, also zahlte ich halt die Rechnung. »Il conto«, sagte ich zum Bruno, als der uns den Limoncello auf den Tisch stellte.

»Prego.«

»Grazie.«

Für Josef, der sich im Theaterkantinengarten neben unserem Tisch gemütlich eingerichtet hatte, wenn er gerade keine anderen Hunde beschnüffeln musste, brachte Bruno eine zweite Schüssel Wasser.

»Vergelt's Gott«, sagte ich ohne religiöse Absichten. »Im Namen des Hundes«, ergänzte ich.

»Des Vaters«, korrigierte mich Gabriel.

»Stellvertretend für den Hund«, versuchte ich eine Erklärung.

Bruno schüttelte über so viel Blasphemie den Kopf. Er nahm religiöse Dinge als katholischer Pole immer gleich persönlich. Als sie beispielsweise in Rom den Kardinal Ratzinger zum Stellvertreter Gottes auf Erden gewählt haben, hat das dem Bruno gar nicht geschmeckt. Im Zusammenhang mit dem gelehrten Herrn aus Marktl sprach er immer nur vom falschen Papst. Weil der echte war sein Wojtyla.

»Schwamm drüber«, versuchte ich die Diskussion abzuwürgen.

»Schwoama's obe«, meinte der Gabriel, was so viel heißt, wie: Spülen wir's hinunter. Wir stießen mit den mit Zitronenlikör gefüllten Gläsern zusammen und verkosteten das Destillat aus der Gegend um Neapel.

Als wir wieder bereit waren, uns unserem jeweiligen Tagwerk zuzuwenden, betraten ausgerechnet Maja und Rita das Lokal.

»Scheiße«, stieß Gabriel aus.

»Was?«

»Meine Frau«, erklärte er und zeigte auf Rita.

»Reschpekt«, entfuhr es mir. Rita und Maja hätten locker als »Germany's next Topmodel« kandidieren können. Sexy, sexy, sexy. Auch haarfarblich passten die beiden gut in die Mannequin-Suche: rot und blond. Die blonden Italienerinnen sind eh die tollsten.

Rita wählte demonstrativ den von uns am weitesten entfernten Tisch auf der Terrasse und warf dann dem Gabriel einen bitterbösen Blick zu, bevor sie ihn komplett ignorierte.

Ich muss schon zugeben. Für mich als stillen Beobachter war dieses Spielchen spannend und amüsant. Zufrieden lehnte ich mich in meinen Stuhl zurück und bestellte noch ein Glas Rotwein. Gabriel lief rot an und drängte darauf zu verschwinden.

»Vergiss es. Jetzt wird's erst richtig lustig.«

»Kann ich mir nicht vorstellen.«

»Woher kennen sich denn die Rita und die Maja?«, wollte ich wissen.

»Vom Italienischkurs. Die Rita gibt an der VHS Stunden. Und …«

Gabriel zögerte.

»Und was?«

»Und von der Therapie«, sagte er so leise wie möglich, praktisch flüsternd.

»Welche Therapie? Was fehlt ihr denn?«

»Nicht direkt ihr. Mehr uns.«

»Lass dir doch nicht jedes Wort aus der Nase ziehen«, schimpfte ich.

»Na gut. Die Maja ist unsere Therapeutin. Wir hatten da in letzter Zeit ein paar Probleme. Nicht nur der Mixer. Du weißt schon.«

»Nein«, behauptete ich.

»Im Bett. Mit der Zärtlichkeit und so.«

»Sex.«

»Ja, auch«, druckste Gabriel herum und lief noch röter an.

Ich grinste dümmlich. Deshalb das Viagra. Der Polizeiobermeister rutschte nervös auf seinem Stuhl hin und her. Als Maja plötzlich aufstand und zu allem Überfluss auch noch in unsere Richtung schlenderte, wäre der Gabriel am liebsten im Erdboden versunken. Stattdessen hat er sich ganz schnell auf die Herrentoilette verzogen und die Kabine hinter sich abgeriegelt.

»Gut, dass ich dich treffe, Watzmann«, begrüßte mich Maja. Sie streichelte erst den guten Josef, dann bekam ich zwei gehauchte Küsschen auf die Wangen. »Danke fürs Babysitten.«

»War mir ein Vergnügen«, sagte ich und verabschiedete mich vom bravsten Hund aller Zeiten. Ich gebe es wirklich nur ungern zu, aber als die Maja den Josef holte, wäre ich am liebsten in Tränen ausgebrochen und gleichzeitig in Selbstmitleid versunken. Der Josef ist mein bester Freund geworden. Er verstand mich auch ohne große Worte. Im Prinzip waren wir Brüder im Geiste und uns auch sonst ziemlich ähnlich, Stichwort: Gemütlichkeit. Ich konnte den Hund saugut leiden. Ihn nun unter Majas Tisch schlafen zu sehen brach mir fast das Herz. Wie gerne hätte ich ihn als Detektivhund und besten Freund in Personalunion behalten. Aber leider hat ihn Maja nicht zur Adoption freigegeben. Und ich bin jetzt auch nicht Madonna oder Angelina.

»Tschüss, Josef«, winkte ich dem Josef ein letztes Mal nach. Josef drehte sich sogar noch mal kurz um, bevor er in Majas schicken Flitzer stieg. So ein Braver. Zusammen mit Maja und Rita, die sich nicht länger als eine Tasse Espresso bei Bruno aufgehalten hatten, verschwand er.

Höchste Zeit, den Gabriel vom Klo zu holen. »Sie sind weg«, rief ich.

»Wirklich?«

»Ich warte auf der Terrasse.«

Zehn Minuten später verließ der Polizeiobermeister

das stille Örtchen. Vorsichtig sah er sich im Theaterkantinengarten um.

»Die Luft ist rein«, versicherte ich ihm.

»Na gut.«

Gabriel nahm wieder Platz. Ich wollte wissen, wie lange er dieses Affentheater noch aufführen wollte.

»Welches Affentheater?«, fragte Gabriel, die Unschuld vom Land markierend. Er verstehe nicht, was ich meine.

»Mit deiner Frau«, erklärte ich.

Gabriel ächzte. Er verstand sehr wohl und sagte, er würde ja schon gern. So super gefalle es ihm in meinem Gästezimmer dann auch nicht. Und überhaupt, die Sache mit Bill. Die Rita habe aber leider ein Elefantengedächtnis. »Die vergisst nicht.« Gabriel nippte an meinem Rotwein.

»Bestell dir selber einen«, sagte ich.

»Kassandra hat angerufen«, wechselte der Gabriel geschickt das Thema und nahm noch einen Schluck.

»Wann?«

»Vorhin. Als ich auf dem Klo war.«

»Und?«

»Du sollst deine E-Mails checken.«

»Warum sagt sie mir das nicht selber?«

»Das musst du sie fragen.«

Gabriel hatte recht. Ich zückte mein Mobiltelefon und drückte im Telefonbuch auf Kassandras Namen. Es klingelte dreimal, dann wurde ich weggedrückt und mit der Mailbox verbunden. Ich legte auf und wählte noch mal, nur um wieder die Mailboxansagerin zu hören. Ich schüttelte den Kopf.

»Was ist?«, drängte Gabriel neugierig.

»Warum müssen Frauen eigentlich immer so kompliziert sein?«, fragte ich zurück.

Gabriel hob und senkte mehrmals die Schultern. Wir überlegten. Unterdessen trank er meinen Wein aus. Gabriel wirkte angeschlagen. Das Beinahe-Zusammentreffen mit seiner Frau hatte ihm mehr zugesetzt, als er sich eingestehen wollte. Ich sah es am Gesichtsausdruck und an der fehlenden Körperspannung. Gabriel musste sich mehrmals schnäuzen. »Ich vermisse sie«, zog er mich ins Vertrauen. »Ich kann dir gar nicht sagen, wie sehr ich sie liebe.« Ich hätte am liebsten gekotzt. Jedenfalls konnte ich das männliche Elend nicht mit ansehen. »Deine Frau geht doch gerne in die Oper«, präsentierte ich spontan die Lösung seines Frauenproblems.

»Woher weißt du das schon wieder?«, fragte Gabriel misstrauisch.

»Alle Italiener lieben die Oper, die Italienerinnen erst recht, besonders die tragischen Stücke. Aber im Prinzip sind ja fast alle Opern irgendwie tragisch. Besonders die italienischen. Verdi, Puccini, Rossini, Bellini, Donizetti«, gab ich eine Erklärung ab.

»Klingt wie das Mittelfeld von Inter Mailand.«

Ich gebe ja zu, dass ich ein Klischee bemüht hatte. Denn wahrscheinlich lieben gar nicht alle Italiener die Oper.

»Die Rita liebt die Oper«, sagte Gabriel aber.

»Und du liebst die Rita«, sagte ich.

»Wie ein Verrückter!«

»Und du würdest dich lieber heute als morgen mit ihr versöhnen.«

»Ja.«

»Weißt aber nicht, wie du das am besten anstellst.«

»Genau.«

»Aber ich weiß es«, bot ich stolz die Lösung für Gabriels Liebesproblem an, auch wenn es mir ein unmenschlich großes Opfer abverlangen sollte.

»Wie?«, flehte Gabriel fast verzweifelnd. Wie verzweifelt musste der sein, dass er sich ausgerechnet von mir eine Problemlösung erhoffte? In diesem Fall aber wollte ich ihn nicht enttäuschen. Eine Hand wäscht die andere. Er hatte mir das Leben gerettet, ich rette nun seines. Trotzdem zögerte ich. Teufel links, Engel rechts. Scheiß drauf. Ich zog Lipschitz' Briefumschlag aus meiner Jackeninnentasche und schob ihn über den Tisch.

»Watzmann«, murmelte Gabriel. So lautete der Adressat des Briefes. »Das ist doch ...«

»Mein Geschenk an dich.«

Gabriel öffnete das Kuvert und betrachtete dessen Inhalt mit glänzenden Augen. Ich erklärte: »Zwei Premierenkarten. Festspiele. Salzburg. Erste Reihe. Meet and Greet mit der Netrebko. Viel Spaß euch beiden.«

Gabriel wusste erst nicht, was er sagen sollte, sagte dann aber doch, dass er das nicht annehmen könne. Er wisse ja, wie sehr ich die Netrebko schätze.

»Ich bestehe aber darauf.«

Der Polizeiobermeister bestand im Gegenzug darauf, mich zu umarmen. »Die Rita wird ausflippen«, wiederholte er wie ein Mantra. »Du bist ein toller Mensch, Watzmann.« So aufgeregt hatte ich den Gabriel noch nie erlebt. Also ließ ich mir die Umarmung gefallen. »Ich habe eh keine Zeit nächsten Samstag«, log ich öffentlich. Und litt wie ein Hund innerlich.

32

Für die Gestaltung meines Abendprogramms zeichnete der Gabriel verantwortlich. Zum Essen gab es Tofu-Schnitzel, Salzburger Nockerl und einen Blauburgunder aus dem Kamptal. Trotz der kulinarischen Qualität stocherte ich lustlos im Essen. Ich hatte nicht wirklich Appetit. Also hielt ich mich am Wein fest, den ich dann auch mehr oder weniger im Alleingang zur Strecke brachte.

Ich fühlte mich schlapp, suhlte mich im Selbstmitleid. Ich kann gar nicht in Worte fassen, wie sehr ich mittlerweile bereute, dem Gabriel die Netrebko überlassen zu haben. Welcher Teufel hatte mich da geritten? Ich hasste mich für den übereilten Schnellschuss. Zu allem Überfluss redete der Polizeiobermeister die ganze Zeit von seinen Internetrecherchen: Salzburg im Allgemeinen, die Festspiele und die Oper im Speziellen.

»Aha. Sehr interessant«, gab ich hin und wieder einen Kommentar ab, obwohl ich nicht hinhörte.

Als der Gabriel dann auch noch vorschlug, nach dem Abwasch die Netrebko als Violetta, sprich: Traviata, auf DVD zu gucken, stand ich auf und ging ins

Bett. »Danke fürs Essen«, war das Maximale, was ich noch hervorbrachte.

Den nächsten Tag verbrachte ich größtenteils im Schlafanzug. Ich hatte keine Lust zu gar nichts. Selbst meine alten Fünf-Freunde-Kassetten halfen nicht, mich aus meiner inneren Emigration zu befreien, nicht mal meine Lieblingsfolge: Fünf Freunde auf geheimnisvollen Spuren. Sobald Timmy bellte, musste ich sofort an den Josef denken, auch wenn der jetzt nicht der ganz große Abenteurer war.

Um kurz vor fünf am Nachmittag klingelte mich das Telefon aus meinen Träumen. »Falsch verwählt«, sagte eine junge Frauenstimme am Telefon.

»Dann sind Sie ja genau richtig«, erwiderte ich sophistisch.

Sie hängte ohne ein weiteres Wort ein. Die jungen Dinger verstehen heute einfach keinen Spaß mehr, nicht mal an einem Dienstag. Ich duschte. Als Garderobe wählte ich die grüne Knickerbockerhose, graue Kniestrümpfe, weißes Hemd, graue Krawatte und den braunen Pullunder passend zu den Schuhen. Zum Fünfuhrtee nahm ich Gurkensandwiches und hockte mich vors Internet.

Mein Briefkasten quoll von Werbung über. Ich musste über hundert E-Mails löschen. Nur Kassandras Post blieb übrig. Ich hoffte auf eine Erklärung. Eine Erklärung, warum sie mich ignorierte. Das kleine Stelldichein mit Maja konnte es doch nicht gewesen sein. Das hatte nun erstens gar nichts zu bedeuten, zweitens war ich unter Medikamenteneinfluss gestanden und drittens sind erstens und zweitens ohnehin irrelevant, weil ich Kassandra gegenüber weder berichts- noch rechenschaftspflichtig bin. Den Statuten nach sind wir einfach nur gut miteinander befreundet. Gefühle hin, gemeinsame Urlaube her. Warum sollte es zwischen Frauen und Männern keine Freundschaften geben?

Die Mail enthielt kein einziges Wort, sondern nur einen Link auf eine Seite im Netz: YouTube, wo man sich selber broadcasten kann. Ich drückte unter einem kleinen Fenster auf das Abspielsymbol und sah dann ein zehnminütiges Filmchen. Es waren die letzten Szenen unserer Theaterpremiere. Die Qualität war nicht gerade perfekt, aber doch gut genug.

Ich verstand nicht, warum Kassandra wollte, dass ich mir die Tragödie noch einmal ansah. Irgendeinen Zweck musste das Stück aber haben. Also schaute ich es noch mal und noch mal und noch mal an. Bald hatte ich genug gesehen. Auf der Dachterrasse wartete mein Liegestuhl und im Kühlschrank Zitronenlimonade. Irgendwie musste ich meine schlechte Laune ja heben.

Allzu viel Zeit, um in mich zu gehen, war mir leider nicht vergönnt. Nur ein halbes Glas Limo später hörte ich einen Schlüssel im Türschloss. Gabriel war noch nicht richtig in der Wohnung, da schrie er schon meinen Künstlernamen.

»Ich heiße, verdammt noch mal, nicht Sherlock«, schrie ich zurück.

»Weiß ich doch, Sherlock.«

Ich hätte genauso gut gegen die Wand reden können. »Hast du's dir schon angeschaut?«, fragte Gabriel aufgedreht, nachdem er sich zwischen mich und die Abendsonne gestellt hatte. Ein Déjà-vu.

»Sehr hübsch«, gab ich heraus. »Eine sehr interessante Perspektive.«

»Der absolute Wahnsinn«, frohlockte Gabriel und schnalzte mit der Zunge.

Ich verstand ehrlich gesagt nicht, was den Polizeiobermeister in so große Ekstase versetzte. Für eine konkrete Nachfrage war ich aber zu eitel. Meine Neugierde war dennoch geweckt. Ich schlug vor, das Video gemeinsam zu analysieren. »Vier Augen sehen mehr als zwei«, gab ich als Parole aus. Gabriel war entzückt.

Gebannt starrten wir auf das Bildschirmgeschehen. Nach zwei Minuten wurde Gabriel unruhig. »Da.« Er zeigte mit dem Finger auf den Monitor.

»Krass«, gab ich vor zu verstehen, schüttelte eine ganze Weile indigniert den Kopf und spulte zurück auf Anfang. Zweimal wiederholte sich dieses bemitleidenswerte Prozedere. Dann sah ich es endlich selber.

Charly ließ das Magazin aus dem Griff der Glock gleiten und munitionierte in Sekundenbruchteilen eine zusätzliche Patrone, die er zuvor aus seiner Hosentasche gezaubert hatte. Bevor er die Pistole zurück in sein Schulterhalfter steckte, lud er die Halbautomatik durch und brachte so das scharfe Geschoss ins Patronenlager. Die Handgriffe schienen perfekt einstudiert zu sein. Ich verschwendete noch einige bewundernde Gedanken an so viel Geschick und Fingerfertigkeit. »Mit der Nummer könnte der Charly glatt im Zirkus auftreten«, urteilte ich anerkennend.

»Ja, schon. Wenn er noch leben würde«, gab Gabriel einen Kommentar ab, so präzise wie Sigmund Gottlieb in den »Tagesthemen«.

Ich sprach schließlich aus, was wir jetzt mit an Sicherheit grenzender Wahrscheinlichkeit wussten: »Der Lipschitz hat die Moni nicht getötet.«

Ich schlug vor, unser Wissen vorerst für uns zu behalten. »Der Lipschitz hat den Charly umgebracht«, versuchte ich mich an einer Zusammenfassung, die der Obermeister zu Ende brachte: »Und der Charly die Moni.«

»Mit fast identischen Plänen.«

»Ein Zufall?«, fragte Gabriel.

»Ich glaube nicht an Zufälle. Auf so eine Idee können auch nur die vom Theater kommen. Verrückte sind das. Die Damen und Herren Künstler. Romeo vergiften und Julia erschießen. Von eigener Hand. Im letzten Akt.«

Ich lachte bitter. Gabriel machte sich schon über Charlys Motiv Gedanken, während ich noch verwirrt war. Ich sagte, dass ich erst mal eine Nacht drüber schlafen wolle. Warum sollte Charly die Frau töten, die er liebte und die offenbar ihn liebte. Deren Liebe sogar so groß war, dass sie mit anderen Männern schlief, nur um ihn und seine Karriere zu fördern. »Das macht alles keinen Sinn.« Darin waren wir uns einig.

»Wer hat das Video ins Internet gestellt?«, knüpfte ich an anderer Stelle wieder an.

»Der Pressebetreuer von den Theaterfreunden.«

»Wir sollten vielleicht ein paar Takte mit ihm wechseln«, schlug ich vor.

»Schon erledigt«, bemerkte Gabriel.

Der Polizeiobermeister versetzte mich in immer größer werdendes Staunen.

»Und?«

»Er hat's nicht gesehen. Da bin ich mir sicher. So, wie er geredet hat. Man muss auch wirklich ganz genau hinschauen. Und dann noch die richtigen Schlüsse ziehen. Einem kriminalistischen Laien fällt das gar nicht auf.«

»Stimmt«, meldete ich mich zu Wort. Selbst ich hätte zwei Anläufe gebraucht, log ich.

»Jedenfalls habe ich ihn dienstlich aus nicht näher genannten polizeitaktischen Gründen angewiesen, das Video aus dem Netz zu nehmen. Er schickt mir das Stück als Kopie für meine Akten.«

Ich lobte den Gabriel. Gut gemacht. Weiter so. »Und was gibt's sonst noch?«

»Jede Menge. Wo soll ich anfangen?«

»Das Wichtigste zuerst.«

Gabriel gönnte sich eine Minute Bedenkzeit.

»Ich werde befördert, Watzmann«, platzte es schließlich aus Gabriel heraus. »Zum Polizeihauptmeister«, wieherte er hinterher. Er wisse es selber erst seit heute. »Wie geil ist das denn?«, fragte er eher rhetorisch.

»Ziemlich«, antwortete ich überrascht. Das sei ja super, gratulierte ich.

»Das Beste kommt noch.«

»Noch besser?« Ich war gespannt wie eine Starkstromleitung.

Gabriel nickte im Hochfrequenzbereich.

»Jetzt lass dir halt nicht jedes Wort aus der Nase ziehen«, forderte ich mehr Dampf.

»Halt dich fest, Sherlock. Ab September bin ich in Fürstenfeldbruck.«

»Du gehst weg aus Wasserburg?«, fragte ich so gleichgültig wie möglich.

»Auf die Schule der Kommissare. Genauer gesagt: Fachhochschule für die Bayerische Polizei. Mein Chef hat meine dienstliche Beurteilung dank Valentins Fürsprache mit einem Aufstiegsvermerk versehen. Das heißt Kommissarslaufbahn.«

»Wie lange dauert der Spaß?«

»Normalerweise drei Jahre. Aber als Um- beziehungsweise Aufsteiger entfallen zwei Semester Grundpraktikum. Also nur zwei Jahre.«

»Und was lernst du da?«

»Alles. Handlungskompetenz. Methodenkompetenz. Sozialkompetenz. Kreativität. Frustrationstoleranz. Emotionale Stabilität. Umgang mit Informations- und Kommunikationstechnologien. Überlegtes Handeln. Führungs- und Teamfähigkeit. Das volle Programm.«

»Nicht schlecht«, behauptete ich. Und um mir seine vielen eigentlich erst zukünftigen Kompetenzen zu beweisen, sattelte er noch einen oben drauf. Mindestens so beiläufig, wie er mir von seiner Beamtenkarriere erzählt hatte, fing er nun an, über Recherchen zu reden, die er im Laufe des Tages angestellt hatte. Sein Plauderton nervte. Vor die beiden Alternativen gestellt, ausfallend oder freundlich zu reagieren, entschied ich mich – entgegen meiner sonstigen Gewohnheit – für letztere. Ganz nett erkundigte ich mich beim Gabriel, ob er das Vorgeplänkel bitte lassen könnte, um eventuell gleich in medias res zu gehen. So interessant fände ich es letztlich nicht, wenn er bis ins kleinste Detail schildere, wie er den Polizeicomputer eingeschaltet habe.

»Kein Problem«, kam Gabriel meinen Wünschen nach und erzählte in einem Atemzug, wie es sonst nur der Günther Beckstein kann, praktisch, ohne Luft zu holen, dass er den Theaterkritiker, diesen Paul Stadlhuber, überprüft habe. Und dass der als Verdächtiger in einer Verkehrsunfallsakte aufgetaucht ist. Beim Tod der Schwiegereltern in spe habe es einige Ungereimtheiten gegeben. Die Kriminaltechniker behaupteten, dass am Mercedes manipuliert worden sei. Und entsprechende Fingerabdrücke unter der Kühlerhaube Stadlhuber eigentlich als Täter überführten. »Der Stadlhuber ist aber davongekommen, weil seine damalige Verlobte, seine spätere Frau, die Mausi, bestätigen konnte, dass der Paul im Auftrag ihres Vaters einen Blick auf den Motor geworfen und Starthilfe geleistet habe. Es wurde keine Anklage erhoben, das Verfahren eingestellt, der Tod von Mausis Eltern als Unfall verbucht. Aus Mangel an Beweisen. Nur der Verdacht blieb.«

Ich wollte vom Gabriel wissen, wie er jetzt ausgerechnet auf den Stadlhuber komme. Ob er glaube, dass der Kritiker etwas mit unserem Fall zu tun habe. Jetzt, da wir Romeos und Julias Mörder kannten.

»Na ja«, druckste er herum.

»Raus mit der Sprache«, intonierte ich Matulas markante Stimme.

»Ich habe einen Tipp bekommen.«

»Einen Tipp?«

»Ja.«

»Von wem?«

»Kassandra.«

»Und?«

Gabriels Antwort lässt sich in wenigen Worten zusammenfassen: Wenn einer ein Motiv hatte, die Moni umzubringen, dann der Stadlhuber.

33

Sendungen wie der »Boarische Evening« auf Radio Altstadt verdienen angesichts des ewig gleichen Chart-Gedudels das Prädikat »Besonders wertvoll«. Von Claudia Koreck über Werner Schmidbauer bis zur Biermösl Blosn spielte Kassandra in ihrer Dienstagabendsendung die schönsten Lieder von hoffnungsvollen Newcomern und längst etablierten bayerischen Künstlern. Versöhnlich stimmen konnte mich das nicht. Ich war wütend. Der Gabriel wollte mich noch aufhalten, nachdem er mir Kassandras jüngste Ermittlungsergebnisse präsentiert hatte. Ich aber ließ mich durch nichts und niemanden mehr stoppen.

Mit einer gehörigen Portion Ärger riss ich die Tür zum Radiosender auf. Den darf man sich jetzt nicht wie den Bayerischen Rundfunk in München vorstellen. Das ist mehr so eine nette kleine Wohnung mit zwei Bürozimmern, vier Schreibtischen und einem nicht ganz so modernen Studio, in dem Sandra die Sendung selber fährt. Ich stampfte vom Eingang Richtung Studio. Kassandra sah mich kommen, konnte aber nicht fliehen.

»Du spinnst ja«, hielt ich mich nicht lange mit Floskeln auf. »Was ist dein Problem?«, fragte ich. Ohne sie antworten zu lassen, fügte ich hinzu: »Ich leite die Ermittlungen. Und sonst niemand. Bei mir laufen die Informationen zusammen. Ich habe den Überblick. Ich kenne das große Ganze.« Ich-Botschaften, habe ich mal in einem Seminar gelernt, machen dich unangreifbar. Ich hätte genauso gut sagen können, ich sei der tollste Hecht im Karpfenteich oder, weniger schmeichelhaft formuliert: der Einäugige unter Blinden.

»Darf ich auch mal was sagen?«, versuchte sich Kassandra Gehör zu verschaffen. Ihre Stimme klang kühl, nah am Gefrierpunkt.

»Gern. Sag ruhig auch mal was. Aber bitte keine Entschuldigungen. Das wäre billig.«

»Ich wüsste nicht, wofür ich mich entschuldigen müsste.«

»Ich wüsste da eine ganze Menge.«

»Zum Beispiel?«

»Dass ich über den Gabriel von dieser Stadlhuber-Sache erfahren habe und nicht von dir selber.«

»Er ist der Bulle, Watzmann. Du bist nur der Detektiv.«

»Ach. Ich verstehe. Jetzt ist der Gabriel plötzlich der Sheriff von Wasserburg. So eine Art moderner Dirty Harry. Und der doofe Watzmann ist nur noch der Fuzzy.«

Kassandra schwieg. »Bist du jetzt fertig?«, wollte sie wissen. Sie müsse jetzt nämlich das nächste Stück ansagen. Ich atmete tief durch die Nase ein und durch den Mund wieder aus. Sie blickte mich seltsam von der Seite an.

»Tu dir keinen Zwang an«, sagte ich.

Kassandra tat, was sie tun musste. Aus den Boxen sang Willy Astor ein Lied für schlechte Zeiten. Ich verlangte eine genaue Zusammenfassung. Und zwar sofort.

»Das ist ganz einfach.« Sie habe sich Stadlhubers Kritiken der letzten zehn Jahre angeschaut und festgestellt, dass er die jungen Schauspielerinnen anfangs immer in die Pfanne haute. Bei vielen Mädchen wurden die Kritiken aber schlagartig besser. Insbesondere bei den hübschen. Das sei ihr verdächtig vorgekommen. Es hatte ja in der Vergangenheit immer mal wieder Gerüchte gegeben, dass Paul Stadlhuber mit körperlichen Gefälligkeiten zu kaufen war. Überprüft habe das nie jemand. Ein Beweis seien die Kritiken natürlich nicht. Vielleicht hatten sich die Schauspielerinnen tatsächlich verbessert oder einfach nur mit besseren Regisseuren zusammengearbeitet.

»Also?«, fragte ich.

»Also habe ich die Sylvie angerufen, du weißt schon, Monis Mitbewohnerin.«

»Und?«

»Ich habe ihr gedroht, sie anzuzeigen. Wegen Zurückhaltung von Beweisen. Keine Ahnung, ob das wirklich eine Straftat ist. Ich habe es halt behauptet, und sie hat es dann zugegeben: dass sie mit Stadlhuber geschlafen hat. Und dass er es bei der Moni immer wieder probierte. Bis die Moni den Spieß umgedreht hat …«

»Das heißt: die Moni hat …«

»Den Stadlhuber erpresst. Genau.«

»Verstehe«, murmelte ich.

»Das Ende des Lieds war, dass der Stadlhuber irgendwann nicht mehr zahlen wollte. Also hat Moni gedroht auszupacken. In den Zeitungen, im Radio, im Fernsehen. Der Stadlhuber soll übrigens bald eine Kultursendung und vielleicht sogar eine eigene Talkshow bekommen.«

»Alles gut und schön«, sagte ich. »Aber er hat die Moni nicht umgebracht.«

»Trotzdem muss es ihm doch gut in den Kram gepasst haben.«

»Er wirkte nach dem Doppelmord jedenfalls ziemlich ausgelassen, fast losgelöst.«

»Völlig losgelöst«, meinte Sandra.

»Und trotzdem«, fand ich.

»Stinkt das alles zum Himmel«, ergänzte Kassandra.

»Gewaltig«, schob ich nach. »Hatte die Moni Beweise?«

»Die hat Sylvie leider vernichtet. Sie wollte es sich mit dem Stadlhuber nicht verderben. Nächstes Jahr verlässt sie die Schule, und der Stadlhuber hat versprochen, ihre Karriere anzuschieben.«

»Eine Hand wäscht die andere.«

»Das ewige Lied.«

Apropos Lied. Kassandra legte jetzt Haindling auf. »Paula, oh Paula. Mir fanga jeden Dog vo vorn o. Und des oanzige, wos zählt auf dera Welt, is a Geld.«

Wir lauschten ein paar Takte lang. Dann wechselte Kassandra abrupt das Thema. »Weißt du, was ich mich schon lange frage?«, fragte sie.

»Keine Ahnung«, musste ich gestehen.

»Ob aus Freundschaft Liebe werden kann.«

»Aus Liebe Freundschaft?«, versuchte ich ihre Frage ins komische Fach zu ziehen. Ich wollte jetzt nicht über Gefühle reden.

»Umgekehrt«, blieb Kassandra aber hartnäckig.

Meine Herzfrequenz verdoppelte sich. »Ich bin kein Hellseher, Sandra.«

»Ich sag's jetzt einfach, wie es ist, weil ich nämlich keine Lust habe, noch länger zu warten.« Sie atmete einmal tief durch. »Ich habe mich in dich verliebt, Watzmann«, sagte Kassandra einfach.

Obwohl Kassandra, die wunderschönste, begehrenswerteste, tollste, grandioseste Frau mit hochrotem Kopf vor mir stand und mir ihre Liebe gestand, musste ich reflexartig an Lisa Lindström denken – die Tragödie meines Lebens. Ich hätte es Kassandra eigentlich erzählen sollen, nur kann ich nicht darüber reden. Lisa war eine zehn Jahre ältere Gastdozentin aus Schweden und angeblich von mir schwanger. Trotzdem hat sie mich am Semester-Ende verlassen, um zu ihrem Mann nach Stockholm zurückzukehren.

Selbstzerstörungskräfte, von deren Existenz ich nichts geahnt hatte, übernahmen plötzlich die Kontrolle über meinen Geist und Körper. Ich fing an Schnaps in rauen Mengen zu saufen, kombinierte ihn wahlweise mit Medikamenten oder Drogen. Amy Winehouse hätte mich zu der Zeit bestimmt gut leiden können, der Rest der Welt tat es eher weniger. Ich verschanzte mich wochenlang in meiner Bude, öffnete die Jalousien nur nachts, um den Mond anzuheulen. Es waren meine Eltern und ein engagierter Arzt in der Bezirksklinik, die mich vor dem Totalabsturz bewahrten. Sie halfen mir zurück ins Leben.

Seitdem fällt es mir unendlich schwer, über Gefühle zu reden, geschweige denn, sie zuzulassen. Ein zweites Mal würde ich so ein Ende nicht überleben.

Körperliche Nähe ist kein Problem, seelische Nähe ein umso größeres.

»Du bist mein Lieblingsmensch, Kassandra«, erklärte ich Kassandra. Das war im Moment das Höchste der Gefühle.

»Aber?«, vermutete sie richtig.

Dein ist mein ganzes Herz, du bist mein Reim auf Schmerz, schoss mir der Refrain eines Heinz-Rudolf-Kunze-Lieds durch den Kopf, obwohl im Hintergrund Haindling noch immer über Paula sang. »Es tut mir leid«, sagte ich.

»Schwamm drüber«, erwiderte Kassandra nach einem stillen Moment. Dann schmiss sie mich hochkant aus dem Sender. Nicht ohne mich vorher alles Mögliche zu nennen.

Was sollte das? Es ist doch kein Staatsgeheimnis, dass fast alle Liebesbeziehungen als Katastrophen enden. Die Kriminalstatistik lügt auch nicht: Fünfundachtzig Prozent aller Morde sind Beziehungstaten.

Auf der Straße guckten sie mich komisch an.

»Ganz großer Auftritt«, beglückwünschte mich Gabriel zu Hause. Er saß in meinem Liegestuhl und trank meine Limo.

»Was meinst du?«

»Oh Mann, Watzmann, du musst noch viel lernen in Bezug auf Frauen.«

Ich stand noch immer auf der Leitung.

Er fragte, ob ich heute besonders schwer von Begriff sei. »Kassandra hat Haindling angesagt, und du warst auf Sendung. Erst habe ich noch gedacht, dass das Comedy sein soll. War es aber nicht, oder?«

Für einen Moment stand Watzmanns kleine Welt still.

34

In den folgenden Tagen kreisten meine Gedanken ausschließlich um Kassandras Geständnis und meine Feigheit. Warum konnte ich nicht ein einziges Mal über meinen Schatten springen, mich auf eine neue Liebe einlassen? Eine neue Liebe ist wie ein neues Leben, heißt es im Schlager. Ich will aber mein Leben nicht verändern. Und doch hätte ich es vielleicht riskieren sollen. Ich hoffte, dass mein blöder Auftritt nicht das Ende bedeutete. Zu gut kann ich mich noch an den Beginn unserer wunderbaren Freundschaft erinnern. Schon damals war Liebe im Spiel:

Es war Kassandras fünfte Verabredung in vier Wochen. Sie pfefferte nach. Aber nicht, weil ihr die kalte Suppe nicht schmeckte. Es sollte vielmehr ein Wink mit dem Zaunpfahl sein. Symbolik auf höchstem Niveau. Sie fand, dass der Abend eigentlich noch viel mehr Würze brauche. Dabei hatte er gerade erst begonnen. Ein schielender Blick auf den fetten Chronometer am Handgelenk des Gourmethobbykochs brachte die grauenvolle Gewissheit: acht Uhr. Erst acht

Uhr. Bis neun musste sie mindestens bleiben. Das verlangte schon der Anstand.

Henry, der sich im Internet als humorvoll, charmant und geistreich beschrieben hatte, erwies sich als dröger Manager der mittleren Ebene bei einem mittelgroßen Versicherungskonzern. Was Henry nicht hatte, waren vor allem Humor, Charme und Esprit. Sein Spezialgebiet war das Risikomanagement.

»Und du bist also Journalistin«, stellte er bestimmt schon zum siebten oder achten Mal an jenem immer noch jungen Abend fest. »Mensch, toll!«

»Ich arbeite beim Radio«, präzisierte Kassandra.

»Beim Radio«, staunte Henry. »Mensch, toll!« Das sei ja echt super. »Mensch, Wahnsinn!« Für Kassandras Geschmack menschelte es zu sehr in Henrys Worten.

Statt endlich in der Menüfolge voranzukommen und Kassandra damit zu ermöglichen, schnell aus der Schwabinger Fünf-Zimmer-Angeber-Wohnung ohne Fernseher verschwinden zu dürfen, erzählte Henry in epischer Breite von einem Artikel, den er vor Jahren für das Mitarbeitermagazin seiner Firma geschrieben habe. Viel Lob habe es damals gegeben. Henry grunzte vor Vergnügen. »Mensch, toll!«, jubelte Kassandra.

»Ich hole dann mal die Hauptspeise«, verabschiedete sich die Internet-Bekanntschaft nach kurzem Zögern in die Küche. Kassandra sah sich in der Zwischenzeit ein bisschen in der Wohnung um. Im Arbeitszimmer entdeckte sie auf dem Schreibtisch eine mit Filzstift markierte Kontaktanzeige in der Tageszeitung: Schneemann sucht Schneekönigin. Keine Adresse, keine Telefonnummer, kein Chiffre.

Kassandra verfluchte ihre Freundinnen. Die hatten ihr diesen ganzen Blind-Date-Mist eingebrockt. Ihr Einwand, dass sie diesen Detektiv eigentlich ganz süß finde, ließ der Club der Teufelinnen nicht gelten.

Ein Detektiv, meinten sie, sei nichts. Prinzipiell und überhaupt. Der habe nichts. Der könne einem nichts bieten. Außerdem, bei aller Liebe, wenn es wenigstens ein Detektiv einer großen internationalen Detektei wäre. Einer, der mit Ex-FBI-Agenten und Ex-CIA-Spionen an der Hotelbar in der Karibik Wodka Martinis vernichtet, als gäbe es kein Morgen. Einer, der Finanzmanipulationen aufdeckt und verschleppte Kinder wiederfindet. Wenn es wenigstens so ein Detektiv wäre, aber ein Provinzdetektiv? Noch dazu mit einem so ordinären Namen: Johann Maria Watzmann, genannt Sherlock, Ermittlungen aller Art. So einer konnte unmöglich der Mann fürs Leben sein.

Die Freundinnen verstanden ohnehin nicht, wieso sich Kassandra gegen die Großstadt und ausgerechnet für Wasserburg am Inn entschieden hatte, wo sie für Radio Altstadt arbeiten wollte. Mit ein bisschen mehr Geduld hätte sie bei der Antenne noch groß rauskommen können. »Ich habe da seit Jahren nur das Wetter vorgelesen«, ließen die Weibsbilder als Argument für ihren wohlüberlegten Wechsel nicht gelten.

Kassandra nutzte die erstbeste Gelegenheit nach der Crème brûlée, um abzuhauen. Den Ramazotti lehnte sie ab. »Ich muss jetzt wirklich gehen«, entschuldigte sie sich nach einem besorgten Blick auf Henrys Rolex. Morgen sei auch wieder ein Tag, und sie müsse ganz früh raus. »Morgensendung!«

Henry drückte ihr zwei Küsse auf die Wangen. Am

liebsten hätte sie gekotzt. »Kann ich dich anrufen!«, sagte die Internet-Bekanntschaft mehr, als dass sie fragte. »Don't call us, we'll call you!«, entgegnete Kassandra, bevor sie die Altbautreppen hinunterstürzte. Schnell weg, dachte sie sich. Dreh dich bloß nicht um, befahl sie sich. Nur gut, dass ich meine Telefonnummer nicht rausgerückt habe, sagte sie sich. Jedenfalls nicht die richtige.

In weiser Voraussicht hatte Kassandra ihren uralten Peugeot direkt vor Henrys Wohnblock geparkt. Mit quietschenden Reifen beschleunigte sie von null auf fünfzig, hielt das Tempo, bis sie das Autobahnschild sah, und drückte dann ordentlich aufs Gas. Bei hundertzwanzig Stundenkilometern drohte das Gefährt auseinanderzubrechen, weshalb sie die Tachonadel nicht weiter reizte. Mit James Blunt auf voller Lautstärke versuchte sie die irritierenden Motorengeräusche zu übertönen. Aber auch die Radioboxen krankten erheblich an Altersschwäche. Dennoch schaffte sie es, um kurz nach zehn unversehrt im eigenen Bett zu liegen.

Kassandra hatte sich, als sie die neue Stelle angetreten hatte, stilecht in einer kleinen Wohnung mit Stuck an Decken und Wänden und freiem Blick auf die Frauenkirche und das historische Rathaus in Wasserburg eingemietet. Nach einem prüfenden Blick unters Bett schaltete sie die Nachttischlampe aus und zwang sich, auf keinen Fall an den schrecklichen Abend und den schrecklichen Henry zu denken. Den Freundinnen konnte sie auch am nächsten Tag noch Bericht erstatten. Kassandra schloss die Augen und schlief ein.

Das Telefon weckte sie am nächsten Morgen. Es war

Kassandras beste Freundin. Zabines Motor lief bereits auf vollen Touren. »Was hast du am Wochenende vor? Bestimmt langweilig zu Hause auf der Couch liegen. Mein Liebster ist auf Kongress. Sagt er. Wahrscheinlich vögelt er in unserem Ferienhaus seine Sekretärin. Wir Mädels fahren nach Kitz. In ein Wellness-Golf-Hotel. Ich hole dich Freitagnachmittag ab. Absagen gilt nicht. Pack dir was Schönes ein. Constanze und Charlotte kommen auch mit. Der Wettermann sagt Sonne an.«

Zabine hatte aufgelegt, bevor Kassandra auch nur hätte andeuten können, dass sie eigentlich keine Lust auf ein Wochenende in den Alpen hatte. Aber absagen hätte nicht geholfen. Wenn sich Zabine etwas in den Kopf gesetzt hatte, wurde das auch umgesetzt. Widerspruch war zwecklos. »Powerfrauen« nennen Männer solche Frauen. »Eingebildete Tussis« nennen Frauen solche Frauen.

Am Freitagnachmittag hörte Kassandra durch das offene Fenster die Signale. Dreimal hupen. Sie schloss die Wohnungsfenster, nahm ihren Koffer und schlenderte gemütlich zur Straße.

»Wo bleibst du denn?«, rüffelte Zabine ihre Freundin. Direkt hinter Zabines Cabrio parkte Constanzes Geländewagen mit Charlotte auf dem Beifahrersitz. Die beiden winkten unisono. Kassandra erwiderte den Gruß. »Na endlich«, moserte Zabine, setzte aus Prinzip nicht den Blinker und drückte das Gaspedal voll durch. Die Gäste im Vau staunten nicht schlecht über das flotte Ausparkmanöver, mit dem Zabine Lewis Hamilton und Fernando Alonso wie Fahrschüler hätte aussehen lassen.

Am Zielort riss Zabine gleich das Regiment über

die Frauentruppe an sich. Sofort nach dem Einchecken im schlossähnlich ausgebauten Hotel direkt neben dem Golfplatz gab sie das Spätnachmittags- und Frühabendprogramm bekannt: Finnische Sauna, Infrarotsauna, Dampfsauna, Shiatsu-Massage, Fußreflexzonenmassage, Luftsprudelbad, indianische Ohrenkerzen-Behandlung, Ganzkörperpeeling mit Algenextrakten, Naturfango und Erlebnisduschen.

Eher erschöpft als erholt von den Wohlfühlbehandlungen, fiel Kassandra nach ihrer letzten Anwendung in ihrem auf Jodelromantik getrimmten Zimmer aufs Himmelbett. Am liebsten hätte sie gedöst. Dafür blieb aber keine Zeit. Zabine hatte angesichts des straffen Zeitplans nur dreißig Minuten zum Anziehen und Schminken eingeplant.

Pünktlich um halb neun trafen sie sich an der Rezeption. Die nächste Anlaufstation war ein Wirt, wo sich angeblich im Minutentakt Neu- und Altreiche, Stars und Sternchen, A- und C-Promis die Klinke in die Hand drückten und abbusselten.

Während sich Zabine, Constanze und Charlotte an bunten Blattsalaten mit mariniertem Schafskäse und gegrilltem Gemüse in Vorspeisengröße mehr oder weniger satt aßen, entschied sich Kassandra für das volle Programm: Carpaccio vom Bio-Rinderfilet mit Mousse vom Grünen Spargel; rosa gebratenes Lammkarree in der Senfsaatkruste, Ratatouille und cremige Parmesan-Polenta; Piña-Colada-Sorbet mit exotischen Früchten und Hippengebäck. Die Freundinnen glotzten neidisch auf die von Kassandra verdrückten Portionen. Man muss dazu sagen, dass Kassandra über einen Stoffwechsel verfügt, um den sie jede Frau beneidet. Sie kann essen, was sie will, und hat trotzdem die Figur eines Topmodels. Dabei war sie seit mittlerweile auch schon gut zehn Jahren keine zwanzig mehr. Ihren Sport, das Tanzen, hatte Kassandra vor mindestens genauso langer Zeit für ihre Radio-Karriere aufgegeben.

Zur großen Überraschung aller gab Zabine nach dem Digestif den Rest des Abends frei. Die Freundinnen atmeten auf, sie konnten tun und lassen, was sie wollten. Während Constanze und Charlotte ihr Glück am Roulettetisch versuchten und Zabine eine Verabredung mit ihrem BlackBerry in ihrer Hotelsuite wahrnahm, ging Kassandra am Rand des Golfplatzes spazieren. Sie genoss die laue Sommernacht unter dem sternenbedeckten Himmel. Eine Kulisse, wie für einen Christine-Neubauer-Freitagabendfilm in der ARD geschaffen. Der Wilde Kaiser schien zum Greifen nah.

Kassandras Gedanken- und Spaziergang wurde aber durch ein Geschoss unterbrochen, das nur um Haaresbreite ihren Kopf verfehlte und zehn Meter hinter ihr in einen Baum einschlug. Hilfe, dachte Kassandra. Was war das denn? Die Antwort lieferte eine halbe Minute später ein sportlich-drahtiger junger Mann mit dunklem Haar und noch dunkleren Augen in beigefarbener Hose und schwarzem Polohemd, der einen Golfschläger in der Hand balancierte. »Haben Sie zufällig meinen Ball gesehen?«, fragte er Kassandra. Sie mochte den tiefen Klang seiner Stimme. »Äh, Ihr Ball …«, stammelte sie und zählte eins und eins zusammen. »Der ist da lang«, sagte sie und zeigte hinter sich. »Beinahe hätte ich Kopfball geübt«, betonte Kassandra mit leicht vorwurfsvollem, aber neckischem Unterton. Der Mann, seit jeher Jäger, hörte die Signale und lud die Frau, als Entschuldigung quasi, an die Hotelbar auf einen Schlummertrunk ein. »Ich denke, den können wir jetzt beide gut vertragen«, übernahm die jüngere Ausgabe von George Clooney das Denken für zwei. Kassandra widersprach nicht.

»Was haben Sie um diese Uhrzeit noch auf dem Green verloren?«, wollte Kassandra wissen und mit der Einstreuung von Fachvokabular Expertenwissen vortäuschen und gleichzeitig Golfinteresse heucheln. Tatsächlich hatte sie vom Golfsport so gut wie keine Ahnung, was nach ihrer Sicht der Dinge auch gut so war. »Night Golf«, lautete Dr. Heinrich Fausts Antwort. »Ah ja, logisch, Night Golf«, wusste Kassandra sofort Bescheid.

Mehrere Drinks später brachte der Zahnarzt sie zu ihrem Zimmer. »Und jetzt?«, fragte Kassandra. Sie glaubte nicht, dass Faust den Mut haben würde, sie im genau richtigen Zeitpunkt, also jetzt, zu küssen. Das tat er aber. Ganz unvorbereitet trafen seine Lippen auf die ihren. Kassandra sog sich fest. »Und jetzt?«, fragte er. Kassandra zerrte den Dentisten in ihr Zimmer, riss ihm die Golfklamotten vom braun gebrannten Körper und begann mit ihrem Liebesspiel, dessen Regie sie aber bald freiwillig aus der Hand gab.

Kassandra glaubte, einen Volltreffer gelandet zu haben, als am nächsten Morgen ein wie aus dem Ei gepellter Mann das Frühstück an ihr Bett servierte. »Heini« hatte an alles gedacht. Vom weißen Joghurt bis zur roten Rose.

»Du hast wunderschöne Zähne«, diagnostizierte er. Unterdessen schlüpfte er aus dem Adamskostüm in die Golferbekleidung.

»Soll das ein Kompliment sein?«, wollte Kassandra wissen.

»Das größte!«, stellte Heinrich klar und verschwand zum Golfen.

»Und wie war eure Nacht so?«, fragte Zabine im Whirlpool nach dem ersten Peeling des Tages. Constanze und Charlotte berichteten stolz, dass sie im Casino über zehn Euro am Roulettetisch gewonnen hätten. Kassandra gab an, dass sie mit einem echten Traummann geschlafen habe. Die Freundinnen brachen in Gelächter aus, in das Kassandra fröhlich einstimmte. Die Wahrheit ist immer noch die beste Täuschung.

Dementsprechend groß war die Überraschung, als dieser gut aussehende junge Mann Kassandra nach dem Golfturnier zum Siegertanz aufforderte. Natürlich zögerte sie nicht lange. Dieses Mal behielt sie aber von Anfang bis Ende die Führung. Dem Wiener Walzer folgten ein Tango und die Rumba. Die mit Edelsteinen und Diamanten, beziehungsweise Pilotenuhren und Siegelringen, bestückten Damen und Herren aus den sogenannten besseren Kreisen klatschten Beifall und wiegten ihre Körper mehr oder weniger im Takt.

Faust nahm nach Kassandra den Siegerpokal in seine Hände, küsste das kalte Metall kurz und anschließend Kassandras rote Lippen lange, denn zum Küssen sind sie da. Selbstverständlich spendete der »Münchner Promi-Zahnarzt«, als der er am nächsten Morgen in der Sonntagszeitung bezeichnet wurde, das Preisgeld und legte die gleiche Summe noch mal oben drauf. War ja für den guten Zweck, also irgendeine Stiftung, die sich um Waisenkinder in Afrika kümmert.

Die nächsten Monate erlebte Kassandra als Traum, aus dem sie nie wieder aufwachen wollte. Heini las ihr jeden Wunsch von den Augen ab, beschenkte sie mit Blumen und Schmuck, lud in die nobelsten Lokale und Clubs und schenkte ihr auch sonst die Aufmerksamkeit, die sie, wie er immer wieder betonte, verdiente. Zum Dank und weil es ihr Spaß machte, richtete sie ihm im Gegenzug die neu gekaufte Wochenendvilla am Tegernsee und die Finca auf Mallorca ein. Einmal flogen sie sogar übers Wochenende zum Shopping nach New York. Faust traf sich dort zum Lunch mit Geschäftsfreunden, während Kassandra mit seiner Kreditkarte halb Manhattan leer kaufte.

Heinrich flog mindestens einmal im Quartal für ein paar Tage nach Brasilien. Angeblich kümmerte er sich im Auftrag einer UN-Hilfsorganisation in den Favelas um die Zähne der Ärmsten der Armen. »Die Zähne der Ärmsten der Armen«, blaffte Kassandra, als er gerade wieder seine Koffer packte. »Als hätten die keine anderen Probleme!«

»Natürlich haben die andere Probleme. Aber gesunde Zähne sind besser als schlechte. Und Lustreisen sind das keine.«

Kassandra gab ihm einen leidenschaftlichen Abschiedskuss. Wahrscheinlich brauchte er die Zeit für sich. Sie hatte in ihrem Leben schon den einen oder anderen hilfreichen Beziehungsratgeber gelesen. Ein wiederkehrender Tipp lautet: Geben Sie Ihrem Partner Luft zum Atmen. Und wenn sie die Schickimicki-Mischpoke in Fausts Nobelpraxis betrachtete, konnte sie gut verstehen, dass er ab und zu raus ins wahre Leben musste. Heini hatte Kassandra gegenüber angedeutet, dass seine Patienten größten Wert auf ihr Äußeres legten. »Damit sie auch morgen noch kraftvoll zubeißen können«, deklamierte er eine Fernsehwerbung. »Du als Zahnarztgattin müsstest das eigentlich wissen.«

»Das geht mir jetzt zu schnell«, gab Kassandra zurück.

»Was genau?«

»Das mit der Zahnarztgattin.«

»Dann willst du mich also nicht heiraten?«

»Wie bitte?«

Als hätte Faust sämtliche Rosamunde-Pilcher-Filme auswendig gelernt, sank er auf die Knie, zog aus der Sakkotasche einen Brillanten und bat Kassandra, seine Frau zu werden. »Willst du ewig mit mir glücklich sein?« Kassandra hasste solche Szenen. Im Film besonders, in echt noch mehr. Beim Anblick des Zahnarztes auf den Knien schossen ihr aber plötzlich Tränen in die Augen. Sie beugte sich zu ihm hinunter, ließ sich dann den Ring an den Finger und die Zunge in den Mund stecken. So glücklich war sie noch nie in ihrem Leben gewesen.

Der Hochzeitstag, für den schnell ein Termin gefunden wurde, sollte perfekt sein. Im Gegensatz zu ihren Freundinnen wollte sie nur einmal heiraten. Ohne große Party. Ganz privat. Am liebsten nur sie und Heini.

Es war kurz vor Praxisschluss. Kassandra wartete im Wartezimmer auf ihren Verlobten. Sie planten, beim Juwelier auf der anderen Straßenseite der Maximilianstraße die Eheringe zu kaufen. Kassandra musste lachen. Bis zu ihrer Bekanntschaft mit Heini hatte sie ein spektakulär unspektakuläres Leben geführt. Jetzt war alles Glanz und Glamour. Clubabende hier, Opernabende dort. Je tiefer sie in die Welt der Schönen und Reichen vordrang, desto weniger wollte sie über deren Welt wissen. Statt zu den Hochglanzmagazinen griff sie deshalb zur Tageszeitung. Politik und Sport waren die Themengebiete, die sie am meisten interessierten, dann die Todesanzeigen und aus Nostalgiegründen die Kontaktanzeigen. Nicht wenige Frauen aus Europas neuer Mitte weit im Osten waren offenbar auf der Suche nach einem Mann aus deutschen Landen. Und auch der Schneemann, stellte Kassandra beim Überfliegen der Annoncen fest, suchte noch immer seine Schneekönigin. Kein Wunder, wenn er so blöd war, keine Telefonnummer anzugeben. Wie sollte man ihn da erreichen? Sie schüttelte den Kopf, legte die Zeitung zurück und schlenderte aus dem Wartezimmer. Im selben Moment trat Henry aus dem Behandlungszimmer. Der Risikomanager Henry. Der Henry mit der Wohnung ohne Fernseher. Der langweilige Henry ohne Würze. Kassandra lief vor Scham rot an. Natürlich hatte sie ihn nie wieder angerufen.

»Mensch, Kassandra!«, bellte Henry.

»Henry«, sagte Kassandra überrascht.

»Du auch?«

»Ja«, antwortete Kassandra der Einfachheit halber. Sie hatte keine Lust, das Gespräch künstlich in die Länge zu ziehen.

»Extrem guter Stoff.«

Kassandra nickte.

»Ich habe ein paar Mal versucht, dich anzurufen«, legte Henry nach.

»Und ich habe deine Telefonnummer verschludert.«

»Wenn das kein Zufall ist … Gehst du mit mir essen?«

Kassandra zeigte Henry ihren Verlobungsring.

»Tut mir leid, Henry.«

»Ihr kennt euch?«, fragte der Zahnarzt aus seinem Behandlungszimmer.

»Von früher«, antwortete Kassandra.

»Na dann«, verabschiedete sich Henry. »Bis bald, Doc«, rief er in Richtung des Doktors. Mit einem Lächeln auf den Lippen verließ Henry die Praxis. Kassandra und Heini taten es ihm mit etwas Sicherheitsabstand gleich.

Die Ringe kosteten ein Vermögen. Und Kassandra fragte sich nicht das erste Mal, wie sich ihr Zukünftiger den Luxus leisten konnte. Ohne mit der Wimper zu zucken, zahlte er die meisten Rechnungen cash aus der Portokasse. Naturgemäß zählen Zahnärzte nicht zu den einkommensschwachen Berufsgruppen. Aber auch für sie waren die ganz fetten Jahre vorbei. So viele Millionen konnte die Praxis ganz sicher nicht abwerfen. Trotzdem hielt sie es für unangebracht, Heinrich nach der Quelle seines Reichtums zu fragen. Sie verschob dieses Gespräch lieber auf die Zeit nach den Flitterwochen auf den Seychellen.

Was waren das aber für Andeutungen gewesen? »Extrem guter Stoff«, rekapitulierte sie Henrys Worte. Sicher sei sicher, sagte sich Kassandra in einer von Zweifeln beherrschten Sekunde. Nie die Katze im Sack kaufen und sich hinterher ärgern müssen. Sie fasste einen Entschluss. Dieser Entschluss trug einen Namen: Watzmann, Privatdetektiv, Ermittlungen aller Art. Was konnte es schon schaden, wenn sich der Provinzdetektiv ein bisschen in der Großstadt umhörte? Viel Zeit würde ohnehin nicht bleiben. Schon in der nächsten Woche sollte im Wasserburger Rathaus der Bund fürs Leben besiegelt werden.

In der letzten Nacht als unverheiratete Frau legte sich Kassandra spät zu ihrem Verlobten ins Bett. Sie redeten und kuschelten noch ein bisschen, dann wünschten sie sich eine Gute Nacht.

Am nächsten Morgen weckten sie ein Dutzend in schwarze Overalls gekleidete Männer mit Sturmhauben über den Köpfen und Sturmgewehren in den Händen. »Aufstehen! Polizei!« Kassandra blickte sofort auf die andere Bettseite und verstand die Welt nicht mehr. Statt Heinrich lag dort nur ein hektisch beschriebener Zettel: Bis bald! Erst glaubte sie, sie träumte.

»Wo ist der Schneemann?«, brüllte einer der Polizisten.

»Welcher Schneemann?«, brüllte Kassandra zurück und suchte nach Verbündeten. Hinter dem SEK-Beamten standen der Polizeiobermeister Gabriel und ich. Wir stritten uns. »Was ist hier eigentlich los?«, fragte Kassandra kurz vorm Nervenzusammenbruch.

Ich löste mich aus Gabriels verbaler Umklammerung und erzählte Kassandra, was ich über Heinrich Faust herausgefunden hatte. Meine Quelle war ein Klatschreporter, der mehr wusste, als er in seiner Zeitung schreiben durfte. Dem hatte es gutgetan, sich mal richtig aussprechen zu können. »Dein Zahnarzt ist der größte Koks-Dealer von München«, fasste ich meine Ermittlungsergebnisse kurz zusammen. Immer wenn neue Ware aus Südamerika eintraf, hatte Faust eine Kontaktanzeige in der Tageszeitung platziert: Schneemann sucht Schneekönigin. »Selbst im Sommer«, sagte ich.

Kassandra starrte mich fassungslos an. Am liebsten hätte sie mich wohl getötet. Sie schrie, tobte und heulte. Was hätte ich sagen sollen? Shit happens?

»Und jetzt?«, fragte sie, nachdem sie sich eine Weile im Bad eingesperrt hatte.

»Musst du wissen«, sagte ich.

»Ich weiß gar nichts.«

Kassandra erfuhr dann aber doch noch einige Tage später, dass der Schneemann nach Südamerika entkommen sei, wo ihn bereits ein Haus am Meer, ein dickes Wertpapierkonto und ein machtloser Vertreter der örtlichen Behörden erwarteten. Faust schrieb Kassandra eine Ansichtskarte mit der Bitte, sie solle nachkommen. Heiraten könnten sie auch an der Copacabana. Auf eine Antwort wartet der Schneemann, wenn er nicht geschmolzen ist, noch heute.

Eine Gemeinsamkeit, die ich mit dem Schneemann teile.

35

Als ich mein Bett nach etlichen Tagen und noch mehr guten wie schlechten Erinnerungen verließ, turnte der Gabriel gerade in einem weißen Trainingsanzug durchs Wohnzimmer. »Was machst du da?«, wollte ich wissen.

»Gwang-Gae-Hyong«, brüllte er seine Antwort.

»Aha.«

»Kampf gegen einen imaginären Gegner.«

»Taekwondo?«, riet ich.

Gabriel nickte und schrie am Ende seiner Übung gleichzeitig mit einem hohen Fauststoß: »Kiyap!«

»Und sonst?«, wollte ich wissen.

»Wenn alles gut geht, ziehe ich morgen bei dir aus«, erklärte der zum Hauptmeister geadelte Polizist. Der Rucksack sei bereits gepackt und Abmarschbereitschaft mehr oder weniger hergestellt.

»Wenn was gut geht?«, fragte ich.

»Jetzt aber, Watzmann«, sagte Gabriel.

Ich verstand nicht.

»Salzburg. Heute Abend. Netrebko-Premiere.« Gabriel schaute auf die Uhr. »In zwei Stunden hole ich die

Rita ab. Sie freut sich wie eine Schneekönigin. Die Zeichen stehen also auf Versöhnung.«

»Schneekönigin? Ach ja. Glückwunsch. Und viel Spaß.«

»Noch bin ich ja da.«

Ich bereitete mir in der Küche eine Kleinigkeit zu essen. Gabriel hatte den Kühlschrank gefüllt. Wahrscheinlich war das sein Abschiedsgeschenk. Guter Mann, der Gabriel. Er duschte, ich aß. Aber nur ein paar Bissen. Der Streit mit Kassandra und vor allem die Folgen lagen mir noch im Magen.

Weil ich nicht genau wusste, was ich mit mir anstellen sollte, nahm ich mein Schachbrett und versetzte ein paar Figuren. Ich versuchte, das Schachrätsel in der FAZ zu lösen, konnte mich aber nicht richtig konzentrieren. Meine Gedanken waren frei, urlaubten irgendwo in der Ferne. Totale Agonie, jetzt wusste ich, was das bedeutet.

»Willst du spielen?«, fragte mich Gabriel, der frisch geduscht in Abendgarderobe vor mir stand.

»Keine Lust«, gab ich heraus. Ich hatte wirklich keine. Ich wollte mich am liebsten immer noch im Selbstmitleid suhlen, das Leben beschimpfen, mit Gott hadern, mit der Menschheit ins Gericht ziehen.

»Komm schon«, sagte Gabriel.

»Nö.«

Gabriel packte mich an der Ehre. Er fragte, was ich eigentlich für ein Gentleman sei. Herumlaufen wie der höchste englische Landadlige, aber nicht Manns genug für ein Rückspiel. Das hatte ich vergessen. Eine Partie war ja noch offen. Ich brachte also die Figuren in Position. Gabriel schlug vor, auf die Terrasse umzusiedeln.

Selbstverständlich eröffnete ich englisch, sprich: Bauer C2 auf C4. Gleich zu Beginn ein wenig Dynamik ins Spiel bringen. Außerdem garantierte mir dieser Beginn größtmögliche Flexibilität und die Möglichkeit, in andere Systeme zu wechseln. Über Schacheröffnungen werden immer noch ganze Datenbanken gefüllt und meterweise Bücher veröffentlicht. Im Grunde aber genügt es, zumindest für einen Hobbyspieler, die wichtigsten Grundregeln zu beherrschen: Bring die Dame nicht zu früh ins Spiel. Zieh in der Eröffnung jede Figur nur einmal, am besten zuerst die Zentralbauern, um dann die Läufer zu entwickeln. Mach die Rochade so früh wie möglich. Aber natürlich gelten diese Regeln nicht apodiktisch, deshalb auch meine englische Eröffnung.

Die Partie dauerte eine Stunde später schon über eine Stunde. Ein Ende war nicht abzusehen. Ich fand langsam Gefallen an der Sache. Um den geistigen Genuss noch zu steigern, stopfte ich eine Pfeife und gönnte mir ein Glas Single Malt. Gabriel wurde mit fortschreitender Spieldauer nervöser. Zwei Herzen schlugen, ach, in seiner Brust. Einerseits wollte er mich unbedingt schlagen. Das sah ich in seinen Augen, außerdem verriet ihn sein angespannter Ausdruck. Andererseits musste er sich langsam auf den Weg zu Rita machen. Eine Verspätung konnte er sich nicht leisten. Immerhin wollte er seine Frau zurückerobern.

Auf dem Schlachtfeld blockierten sich unsere Figuren gegenseitig. Ich bot »Remis« an. Gabriel lehnte ab und schob einen Bauern aus eigentlich günstiger Position in vorderste Reihe. Wie das Lamm zur Schlachtbank. Ich schlug ihn locker mit meiner Dame und verlor die Partie drei Züge später, ohne dass ich verstand, warum. »Schach«, hörte ich den Gabriel noch sagen. Ich fand keinen Ausweg und legte meinen König auf das Brett. »Matt.«

»Das gibt's nicht!« Ich schüttelte den Kopf.

»Ich muss dann«, sagte der Großmeister und grinste. »Gutes Spiel, Sherlock.«

Ich gratulierte meinem Kontrahenten mit einem kräftigen Handschlag. Dazu war ich extra aufgestanden.

»Übrigens«, hob er an.

»Was?«, fragte ich gereizt.

»Ich hab ganz vergessen zu fragen. Du kannst mir doch deinen Wagen leihen?«

»Den Diplomaten?«

»Nein, den Porsche.«

»Haha.«

»Und?« Gabriel schaute ganz lieb. Wie der Kakadu im Zoo von Miami.

»Von mir aus. Aber pass auf, Magnum. Ist kein Ferrari.« Ich gab ihm schweren Herzens die Schlüssel.

»Schönen Dank auch«, bedankte er sich.

Im Laufe des Abends, während Gabriel und seine Rita in der ersten Reihe im Salzburger Festspielhaus saßen und den Netrebko-Koloraturen lauschen durften, versuchte ich herauszufinden, warum ich gegen den Polizeihauptmeister verloren hatte. Die Schmach, besser: die Schande, wollte ich wenigstens verstehen, wenn ich sie schon nicht tilgen konnte. Ich strengte meine kleinen grauen Zellen an. Und siehe da – einige Drinks später hatte ich nicht nur das Schach-Rätsel geknackt, sondern auch das große Geheimnis der drei Morde. Die Antwort war so genial wie einfach: Bauernopfer.

36

Um den ganz großen Plan zu schmieden, fehlte mir die Zeit. Also entschied ich mich zu bluffen. Alter Detektiv-Trick. Ich hoffte nur, dass er den Köder schluckte.

Dennoch musste ich mich schützen. Ich durchwühlte Gabriels Gästezimmer, bis ich seine Dienstwaffe, eine Heckler & Koch P7, fand. Ich überprüfte das Stangenmagazin, acht Kugeln, Kaliber neun Millimeter Parabellum.

Nach einem Magazinwechsel muss bei dieser Waffe nur der Spannhebel wieder eingedrückt werden, worauf das Verschluss-Stück automatisch nach vorne schnappt und die Patrone zuführt. Schneller geht es nicht. Ich steckte die P7 in den Bund meiner Knickerbocker, löschte die Lichter meiner Wohnung und ging zum Diplomaten.

Der Schock über den leeren Parkplatz steckte mir noch in den Knochen, als ich mich mangels Alternativen bereits auf Gabriels klappriges Fahrrad geschwungen hatte. Das war ein Fortbewegungsmitteltausch, bei dem ich eindeutig den Kürzeren gezogen hatte. Aber besser mit dem Rad unterwegs sein als trampen. Ich persönlich finde ja, dass trampen heutzutage nicht mehr modern ist. Außerdem hätte ich Angst, zu einem wildfremden Menschen ins Auto zu steigen. Bei der hohen Dunkelziffer an latent Geisteskranken. Wer weiß schon, ob du nicht zufällig – so gering ist die Wahrscheinlichkeit nicht – neben einem Serienkiller Platz nimmst. Spätestens seit Stephen King weiß man: Die Provinz gebiert die größten Monster.

Dass ich den Stoa als Treffpunkt vorschlug, war meinem Hang für runde Geschichten geschuldet. Wo eine Sache beginnt, sollte sie auch enden. Ich lehnte das Rad an den Absperrzaun und kletterte im nächsten Schritt darüber. Die Taschenlampe hatte ich in den Gepäckträger geklemmt. Ich würde sie nicht brauchen. Der Erdtrabant leuchtete knappe vierhunderttausend Kilometer über mir und spendete, dank des wolkenfreien Nachthimmels, genug Licht, um ausreichend zu sehen.

Ich stellte mich in die Mitte der Bühne. So viel Theatralik war ich uns allen schuldig. Die Theatertechniker hatten das Bühnenbild unserer Romeo-und-Julia-Produktion längst abgebaut und in Einzelteile zerlegt. Die Teile warteten am Rand des Amphitheaters auf ihren Abtransport. Auch für mich begann die Zeit des Wartens. Dem Findling drehte ich dabei den Rücken zu, um die Zuschauerränge und den Kiesweg zu überblicken. So ganz sicher war ich mir nicht, ob der Hai den Köder geschluckt hatte.

Ich wollte die Aktion schon abblasen, als ich einen metallischen Gegenstand am Hinterkopf spürte. Ich drehte mich um und vor mir stand der Mann, den ich angerufen hatte, mit einem antiquierten Vorderlader in der rechten Hand. Er zielte auf mich. Ich zwang mich zu einem Lächeln. »Guten Abend, Herr Stadlhuber. Schön, dass Sie's einrichten konnten.«

»Was wollen Sie, Watzmann? Watzmann – so heißen Sie doch?«

»Sie können auch Sherlock sagen.«

»Sherlock?«

»Mein Künstlername.«

»Sie haben einen Künstlernamen? Sie wollen doch nicht behaupten, dass Sie Künstler sind.«

»Ich habe den Tybalt gespielt.«

»Ja, im Bauerntheater. Oder soll ich besser sagen: Komödienstadl?«

»Ihre Kritik war eine Hymne.«

»Erstunken und erlogen. Sehen Sie, Watzmann, ich bin ein Opportunist. Mir ist es gleichgültig, ob ein Regisseur, ein Schauspieler oder ein Bühnenbildner seinen Job gut oder schlecht erledigt. Kunst – lassen Sie es Theater sein, Film, Literatur, Oper – ist eine Industrie. Hören Sie auf zu träumen. Wie in jedem Business geht's um Kohle. Schauen Sie sich doch die Netrebko an. Ein zur Werbeikone gestyltes Sexsymbol, das zufällig ein bisschen singen kann.«

»Jetzt nichts gegen die Netrebko. Ich warne Sie. Passen Sie auf, was Sie sagen, Stadlhuber, sonst ...«

»Sonst was?«

Ich holte die P7 aus dem Hosenbund und richtete nun meinerseits eine Waffe auf Stadlhuber. So standen wir da. Auge in Auge, die Pistolen schussbereit aufeinander gerichtet. Mit ausgestreckten Armen. In der Fernsehserie würde jetzt die Kamera auf Schienen im

Kreis um uns fahren. Ich fühlte die Kälte der Pistole in meiner Hand. »Nehmen Sie das Ding weg, Watzmann, bevor Sie noch jemanden verletzen.«

»Erst Sie. Ich kann damit umgehen.«

»Sie können mich mal.«

»Sie mich auch.«

Ich überlegte. Welcher Schritt brachte mich weiter, welcher näher an den Abgrund? Mein Plan lautete, den Großkritiker bis aufs Blut zu reizen. So lange, bis er von sich aus auspackte und die Karten auf den Tisch legte. Wie bei Tom Cruise und Jack Nicholson in »Eine Frage der Ehre«.

»Was wollen Sie?«, fragte mich Stadlhuber.

»Die Wahrheit«, antwortete ich.

»Die Wahrheit«, spuckte Stadlhuber aus. »Ihr jungen Leute wollt immer alles wissen. Dabei könnt ihr die Wahrheit doch gar nicht vertragen. Wenn man euch sagt, dass ihr kein Talent habt, dann seid ihr umso mehr davon überzeugt, Talent zu haben. Ich habe mit der Wahrheit nie hinter dem Berg gehalten. Habe genügend Prügel dafür bezogen. Na und? Was mich nicht umbringt, macht mich härter. Sehen Sie mich an. Ich hab's geschafft. Ich bin ganz oben in der Nahrungskette angekommen. Ich bekomme meine eigene Show im Fernsehen.«

»Was nicht im Fernsehen ist, ist nicht in der Welt.«

»Sie haben's begriffen, Watzmann. Mir kann keiner was.« Stadlhuber zögerte einen Augenblick. Dann lachte er. »Dieses kleine Luder hat doch tatsächlich dem großen Paul Stadlhuber ans Bein pissen wollen.«

»So groß sind Sie gar nicht.« Stadlhuber warf mir einen Blick zu, der andere, weniger robuste Menschen, hätte töten können. »Schauen Sie sich doch mal an, Grenouille. Eine eklige, schleimige Kröte, das sind Sie. Kein Wunder, dass Sie für Sex zahlen müssen.«

Ich packte Stadlhuber an den Eiern. Die sprichwörtliche Zornesröte stieg ihm ins Gesicht. Mit ziemlicher Zielgenauigkeit hatte ich seinen wunden Punkt getroffen. »Nehmen Sie diese Sylvie. Sie kennen doch die Sylvie. Zufälligerweise hat sie mir persönlich berichtet, wie sehr sie sich vor Ihnen geekelt hat. Mal ganz abgesehen von Ihren Erektionsproblemen. Trotz Viagra. Ich würde vorsichtiger sein. Das Zeug geht ganz schön auf die Pumpe. Und der Jüngste sind Sie auch nicht mehr.«

Stadlhuber zwang sich zur Ruhe. Äußerlich, doch innerlich kochte er. Er mochte vielleicht eine eigene Fernsehsendung bekommen, ein guter Schauspieler aber war er nicht.

Der Mann mit dem Vorderlader – »Schöne Pistole übrigens!« – fragte, was ich eigentlich von ihm wolle, und entgegnete auf mein Pistolenkompliment: »Aus dem Besitz von Johann Wolfgang Goethe.«

»Wir waren doch schon auf einem guten Weg. Die Nummer, wie Sie Ihre Studentinnen gefügig gemacht haben. Zuckerbrot und Peitsche. Sie sagten doch selber, dass Theater ein hartes Geschäft sei. Nur wenige kommen durch, schaffen es nach ganz oben. In die erste Liga, wo Gisela Stein, Kirsten Dene, Sibylle Canonica spielen. Und die Kritiker die Vornamen durch ›die‹ ersetzen. Die Stein, die Dene, die Canonica. Ich weiß nicht, ob Sie nicht Probleme bekämen, wenn die Sache an die Öffentlichkeit dringen würde. Jetzt, wo Sie doch so weit oben sind.«

»Was wollen Sie?«

»Wie viel haben Sie der Moni gezahlt? Fünfzigtausend? Sagen wir das Doppelte.«

»Welche Garantien können Sie mir geben?«

»Mein Wort.«

»In Gottes Ohr.« Er lachte höhnisch. »Ich glaube, ich erschieße Sie auf der Stelle.«

»Auf einen mehr oder weniger kommt es jetzt auch nicht mehr an, oder?«

»Könnte man sagen.«

»Sie vergessen, dass ich Sie ebenso gut abknallen könnte.«

»Eine klassische Pattsituation. Die Frage ist nur, ob Sie auch den Mut haben abzudrücken, Watzmann.«

»Ich würde nicht versuchen, das herauszufinden.« Ich log, dass ich bei der Bundeswehr Mitglied einer geheimen Eliteeinheit gewesen war.

»Tragen wir's aus wie echte Männer«, schlug Stadlhuber vor.

»Ein Duell?«, erkundigte ich mich.

»Genau, ein Gottesurteil«, entgegnete der Großkritiker.

Normalerweise sind es in den Romanen ja immer die Kritiker, die sterben, Stichwort: Tod eines Kritikers. Das veranlasste mich zu der Frage: »Wenn ich mich mit einem Duell einverstanden erklären würde, nur mal angenommen. Was wäre zu gewinnen?«

»Ein schneller Tod«, antwortete Stadlhuber selbstgefällig und wirkte dabei sehr selbstsicher.

Scheiße. So überzeugt würde der Kerl nicht auftreten, wenn er nicht wirklich schießen könnte. Und dann noch Goethes Vorderlader. Ich vermutete, Stadlhuber war in Übung. »Okay«, sagte ich. »Aber nur unter einer Bedingung.«

»Die wäre?«

»Sie verraten mir, wie Sie Moni Öztürk und Kuno Lipschitz getötet haben. Warum, weiß ich. Das Wie würde mich interessieren.«

»Ich bin eben clever, Watzmann«, erwiderte Stadlhuber ohne Bedenkzeit. »Außerdem verfüge ich über Erfahrung. Meine Schwiegereltern. Ein bisschen an den Bremsen rumgeschraubt. Und Mausis Vater fuhr schon immer gerne flotter. Sie verstehen.«

Das tat ich.

»Kennen Sie Othello?«, fragte er dann.

Natürlich kenne ich Othello. Der Mohr von Venedig. Uraufgeführt 1604 im Palace of Whitehall. Premiere in Deutschland 1766 in Hamburg.

»Dann kennen Sie auch Jago.«

»Worauf wollen Sie hinaus?«

Wir hielten uns immer noch im Abstand einer Armlänge die Pistolen unter die Nasen.

»Jago redet Othello so lange ein, dass Desdemona ihn mit Cassio betrügt, bis der es schließlich glaubt. Ein paar vermeintliche Beweise. Et voilà.«

»Othello erdrosselt Desdemona, rasend vor Eifersucht, in ihrem Bett.«

»Ich kannte den Charly ja. Ein wirklich talentierter Schauspieler. Aber sonst zu nichts zu gebrauchen. Es hat nicht viel Suggestionskraft erfordert, um ihn zu steuern. Ein angedeuteter Verdacht hier, ein kleiner Hinweis da. Einmal hätte der Idiot beinahe einen Mitschüler beim Säbeltraining getötet. Ich hatte dem Charly eingeredet, dass Moni ihn wegen Lipschitz verlassen will, dass sie außerdem den Stöckl vögelt, dass ich zufällig aus sicherer Quelle erfahren habe, dass sie vom Lipschitz schwanger ist und das Baby unbedingt haben will. Das mit der Schwangerschaft hatte mir übrigens der Lipschitz erzählt.«

»Und dann?«

»Dann habe ich dem Charly die Kugel in die Hand gedrückt. Der Kerl konnte nicht mehr richtig denken. Am liebsten hätte er Moni sofort erschossen. Davon konnte ich ihn gerade noch abhalten. Er solle warten, sagte ich, sein Leben nicht wegwerfen. Ich würde schon dafür sorgen, dass er eine Anstellung an einem großen Haus bekäme. Er brauche sich nur auf mich zu verlassen. Ich würde das schon regeln. Der Charly hat mir aus der Hand gefressen. Er war mein Werkzeug. Pünktlich zur Premiere hatte ich ihn da, wo ich ihn haben wollte. Er war reif, mir die Erpresserin vom Hals zu schaffen. Die Moni hätte nicht gierig werden dürfen. Und schon gar nicht damit anfangen dürfen zu drohen.«

»Der Täter hinter dem Täter«, murmelte ich. Paragraf 25 Absatz I Alternative 2 Strafgesetzbuch, dachte ich. Ganz sicher war ich mir nicht. Jura hatte ich von allen Fächern am kürzesten studiert.

»Wie meinen?«, sagte Stadlhuber.

»Den Charly haben Sie dem Lipschitz überlassen.«

»Elegante Lösung. Finden Sie nicht auch?«

»Ja, schon«, sagte ich.

»Er war so scharf auf diesen Kammerspiele-Posten.«

»Den Sie ihm versprochen haben.«

»Wenn er mir einen Gefallen täte.«

»Sprich: den Charly töten. Ihren gelenkten Mörder aus dem Spiel nehmen.«

»Charly war, wie gesagt, eher instabil. Dass ihn der Lipschitz gleich bei der Premiere aus dem Weg räumt, war Zufall. Kuno war schon immer ein ausgezeichneter Öffentlichkeitsarbeiter. Ein Selbstvermarktungsgenie. Außerdem hat es ihm gut in den Kram gepasst, den Freund seiner Freundin zu töten.«

»Monis Mann.«

»Sehen Sie, Watzmann. Das wusste ich noch gar nicht.«

»Bis den Kuno Lipschitz das schlechte Gewissen packte ...« Ich verzichtete darauf, auf die familiären Verhältnisse näher einzugehen.

»Und er plötzlich auspacken wollte«, ergänzte Stadlhuber.

»Da mussten Sie eingreifen.«

»Kuno hat nichts gemerkt. Ein sauberer Schnitt mit dem Rasiermesser. Eine chirurgische Meisterleistung.« Stadlhuber verstummte einen Moment. »War's das? Können wir dann endlich?«, fragte er ungeduldig.

»Ich denke schon«, sagte ich, entsicherte sicherheitshalber meine Waffe mit dem rechten Daumen und kramte mit der linken Hand aus der Hosentasche mein Diktiergerät. Ich hielt es in die Luft, spulte zurück und spielte dann Stadlhubers Geständnis vom Band ab. Stadlhuber schaute erst dumm, dann prustete er los.

»Was lachen Sie so blöd?«

»Ich ziehe meinen Hut vor Ihnen, Watzmann. Nur leider wird Ihnen das Tonband jetzt nicht mehr viel nützen.«

»Warum?«

»Weil Sie gleich sterben werden.«

»Das kann ich mir nicht vorstellen. Ich habe vorgesorgt«, sagte ich.

»Ja, klar«, meinte Stadlhuber.

Ängstlich blickte ich mich um. Wo war die Polizei, wenn man sie brauchte? Ich räusperte mich. »Ihr könnt jetzt rauskommen, Jungs«, rief ich. Stadlhuber wirkte einen Moment irritiert.

»Schluss mit dem Scheiß«, sagte er dann. »Wir haben eine Vereinbarung.«

»Hinfällig«, sagte ich standhaft.

»Sie wollen mich verarschen.«

»Nein.«

»Ich kann Sie auch einfach so über den Haufen schießen«, drohte Stadlhuber. Mit Stil sei es ihm aber lieber.

»Ich weiß schon«, warf ich ein, »gemordet wird mit Stil.«

»Haben Sie was dagegen?«

»Ich persönlich? Nein. Aber die Herren hinter Ihnen wahrscheinlich.«

»Für wie dämlich halten Sie mich?«

Ich musste nicht lange nachdenken. »Ziemlich dämlich.«

»Nennen Sie mich nicht dämlich.«

»Dämlich.«

»Sie haben's nicht anders gewollt«, sagte Stadlhuber mit versteinerter Miene. Er spannte den Abzug seiner Pistole. »Bei drei schieße ich«, drohte er. Duellregeln hin oder her. »Eins, zwei ...«

»Nehmen Sie die Pistolen runter«, schrie Gabriels Polizeichef kurz vor der Drei. »Alle beide.«

Stadlhuber und ich sahen uns noch lange in die Augen.

»Wird's bald«, schrie der Polizeihauptkommissar. Seine Kollegen von der Dienststelle bildeten um uns einen Kreis. »Die Waffen. Auf den Boden. Sofort.«

Ich folgte ausnahmsweise der polizeilichen Anordnung. Stadlhuber zögerte, tat es mir aber schließlich gleich.

»Nehmt ihn fest«, sagte ich zu den Polizisten und deutete auf meinen Duellgegner. »Ich kann beweisen, dass er der Mörder ist.«

»Handschellen«, befahl der Polizeihauptkommissar.

Ich lachte Stadlhuber aus.

»Für beide.«

Jetzt lachte Stadlhuber mich aus.

»Und meine Beweise?«, fragte ich den Dienststellenleiter.

»Wird sich die Staatsanwältin anschauen. Morgen.«

Stadlhuber bestand auf einem Telefonat mit seinem Anwalt. Ich bestand auf meiner Unschuld.

37

In so einer Zelle ohne Ausblick hat man viel Zeit, um über sich und sein Leben nachzudenken. Kein Fernsehen, keine Playstation, kein gar nichts. Und dann kommt unweigerlich das Larmoyante. Wenigstens wusste ich aus Erfahrung, was sie hier zum Frühstück ausgeben: Kaffee im Plastikbecher, Weißmehlsemmeln, Portionsbutter, Marmelade. Nicht gerade eine Henkersmahlzeit. Ich sagte trotzdem »Danke«.

»Keine Ursache, Sherlock«, sagte der Polizeihauptmeister.

Irgendwie kam mir die Situation bekannt vor.

»Wie geht's?«, fragte ich.

»Nicht so gut«, antwortete der Gabriel.

»Kein Versöhnungssex?«

»Doch, schon.«

»Aber?«

Gabriel wusste nicht, wie er es sagen sollte. Er schloss die Zelle auf und führte mich zum Besprechungszimmer. Die Staatsanwältin war bereits vor Ort. »Ich muss noch schnell was beichten«, flüsterte er und richtete den Blick zu Boden. Ich befürchtete Schlimmstes. Aber Schlimmstes wäre noch gut gewesen. »Wir waren gestern gar nicht bei der Netrebko.« Ich überlegte, ob ich ihn gleich umbringen sollte. Das Mindeste, was ich erwartet hatte, war ein Autogramm mit besten Grüßen für den Watzmann.

»Das enttäuscht mich«, sagte ich ganz offen und ehrlich. »Du weißt, was mir die Frau bedeutet. Um die Netrebko singen zu hören, würde ich zu Fuß nach Salzburg pilgern.«

»Äh, ja.«

»Was?«

»Wirst du auch müssen.«

»Häh?«

Gabriel war kurz davor umzukippen. Aus seinem ohnehin schon blassen Gesicht wich nun der letzte Rest Farbe. Er war weißer als der Yeti, seine Haut durchsichtiger als die von Nicole Kidman. Zuerst verlagerte er sein Körpergewicht auf den linken, dann zurück auf den rechten Fuß, und dann das ganze Spiel noch einmal von vorne.

»Es tut mir echt leid.« Er weinte beinahe.

»Jetzt spuck endlich aus, was los ist«, schrie ich und packte den Gabriel am Schlafittchen.

»Du kennst doch die Autobahnauffahrt hinter Traunstein.«

»Was ist mit der?«

»Das musst du dir so vorstellen ... Also ... Na ja ... Du weißt schon ... Wie soll ich sagen ...? Sicher ... Es ist meine Schuld gewesen ... Und den Laster habe ich einfach übersehen ... Komplett.«

»Du hast nicht meinen Diplomaten geschrottet?«, fragte ich ruhig.

»Ja. Aber nein. Eigentlich schon. Totalschaden. Von deinem Auto ist nicht mehr viel übrig. Wenigstens ist uns nichts passiert. Der Opernabend war natürlich gelaufen.«

»Wo ist er?«

»Wer?«

»Der Opel!«

»Auf dem Schrottplatz.«

Ich scheuerte dem Gabriel eine, bevor ich die Tür zum Besprechungszimmer öffnete. »Ah, der Herr Watzmann«, begrüßte mich sofort Stadlhubers Anwalt, die Hackfresse saß nur einen Stuhl weiter und griente.

»Nehmen Sie bitte hier Platz.« Die junge Staatsanwältin, die sich mit »Angenehm, Reuter, Staatsanwaltschaft Traunstein« bei mir vorstellte, deutete auf den Platz neben sich und streckte mir die Hand entgegen. Sie hatte lange schwarze Haare, volle Lippen, blaue Augen und einen großen Busen. Der Hosenanzug stand ihr prächtig.

»Herr Stadlhuber sieht von einer Anzeige ab, wenn Sie ihm das Tonband übergeben«, überraschte sie mich. Auch sie werde dann auf ein Ermittlungsverfahren verzichten.

»Das verstehe ich jetzt nicht«, sagte ich.

»Paragraf 201 I StGB. Mit Freiheitsstrafe bis zu drei Jahren oder mit Geldstrafe wird bestraft, wer unbefugt 1. das nichtöffentlich gesprochene Wort eines anderen auf einen Tonträger aufnimmt oder 2. eine so hergestellte Aufnahme gebraucht oder einem Dritten zugänglich macht«, gluckste Stadlhubers Anwalt vor Glück.

»Was auch immer Sie auf ihrem Diktiergerät haben ... Als Beweis werden wir es vor Gericht nicht einbringen können. Es ist, juristisch gesehen, wertlos, weil illegal erworben. Die Frage ist jetzt, ob Sie straffrei aus der Sache herauskommen wollen. Herr Dr. Stadlhuber hat bereits angedeutet, dass er an einer öffentlichen Verhandlung des Zweihunderteinser gegen Sie nicht interessiert sei.«

Ich bat die Staatsanwältin um ein Gespräch unter vier Augen. Sie war einverstanden. »Bitte lassen Sie uns einen Augenblick alleine«, sagte die Reuter, an die Adresse des Anwalts gewandt. Stadlhuber und sein Winkeladvokat erhoben sich von ihren Stühlen und folgten der Aufforderung der Staatsanwältin, die ich auf Anfang dreißig schätzte, also ein paar Jährchen jünger als ich selber. Im Gesicht trug sie lustige Sommersprossen. Ihre Augen strahlten sehr sympathisch.

Ich zog mein Diktiergerät aus der Tasche und forderte Frau Reuter auf zu lauschen. »Hören Sie gut zu.« Erst wollte sie nicht, lehnte kategorisch ab, das Band vorgespielt zu bekommen. »Sie bringen sich in Teufels Küche«, gab sie mir einen juristischen Tipp unter Freunden. »Bitte«, sagte ich. Die Reuter zögerte und stimmte dann doch schlechten Gewissens und nur unter Protest zu.

»Na gut. Spielen Sie es ab. In drei Teufels Namen.«

Ich tat wie geheißen.

Am Ende von Stadlhubers Geständnis drückte ich die Stopp-Taste. Ich lehnte mich weit in ihre Richtung, verletzte dabei absichtlich die natürliche Distanz zwischen zwei Menschen, die im normalen Leben keinen Umgang miteinander pflegen. »Finden Sie nicht auch«, zischte ich, »dass das ganz gewaltig nach einem Massenmörder riecht. Zählen wir mal durch. Chronologisch. Schwiegermutter, Schwiegervater, Charly, Moni und Lipschitz. Fünf Tote. Ich wiederhole: fünf. Sie können den Stadlhuber damit nicht davonkommen lassen. Der lacht uns aus. Ich mache Sie persönlich verantwortlich, Frau Staatsanwältin.«

»Einen Haftbefehl bekomme ich nur, wenn ich dem Richter Beweise vorlegen kann, auf die sich der Tatverdacht gründet, lieber Herr Watzmann«, erklärte mir die Staatsanwältin. Sie sei zwar noch nicht lange im Geschäft, aber auch nicht mehr ganz grün hinter den Ohren.

Ich deutete auf mein Diktiergerät. Sie seufzte und schüttelte den Kopf. Ich schlug mit der flachen Hand auf den Tisch und fluchte. »Seid ihr denn alle wahnsinnig!«

»Schreien Sie mich gefälligst nicht an«, verlangte die Vertreterin des Gesetzes mit Nachdruck. Schließlich sei es nicht ihr Fehler gewesen, dass ich mich zum Sheriff aufgeschwungen hätte.

»Sie finden also auch, dass Stadlhuber lebenslänglich ins Gefängnis gehört?«, stellte ich fest.

»Ich habe das Geständnis ja gehört. Aber noch mal: Das Tonband ist wertlos.«

»Sie könnten mich als Zeugen aufrufen.«

»Ein bisschen dünn. Das Wort eines Privatdetektivs gegen das von Stadlhuber. Keine Chance. Vergessen Sie's.«

»Das darf doch nicht wahr sein!«

»Ist es aber. Wir müssen Stadlhuber laufen lassen. Ich werde jedoch meine Hilfsbeamten sofort anweisen, jeden Stein ein zweites Mal umzudrehen. Das verspreche ich Ihnen. Jeder macht Fehler.«

»Vergessen Sie's. Stadlhubers Alibi ist wasserdicht. Der Herr Doktor hat an alles gedacht und sicherheitshalber sogar über Bande gespielt. Aus Charly und Lipschitz hat er Täter und Opfer gemacht. Wissen Sie, dass Stadlhuber auf einem Bauernhof im Chiemgau wohnt, der früher dem Lipschitz gehört hat?«

»Ich habe hier irgendwo die Adresse.« Kathrin Reuter blätterte in ihren Unterlagen. »Warum ist das wichtig?«, fragte sie nach einer Weile erfolgloser Suche.

»Nur so«, sagte ich. Es passe halt alles irgendwie zusammen. Ich raufte mir die Haare, die Reuter vergrub das Gesicht in den Händen. Ich hatte Mist gebaut, obwohl ich den Fall gelöst hatte.

»Sie können gehen, Herr Watzmann«, erklärte die Staatsanwältin. »Und das nächste Mal bitte keine Alleingänge mehr.«

»Es wird kein nächstes Mal geben«, sagte ich. Ich hatte die Schnauze voll. So frustriert war ich noch nie in meinem Leben. Mein Diplomat auf dem Autofriedhof, meine Freunde auf dem Gottesacker. Und ihr Mörder – auf freiem Fuß. Toll!

»In dubio pro reo«, meinte die Reuter. Altes Richtersprichwort.

Zu allem Überfluss begegnete ich auf dem Flur dem Stadlhuber schon wieder. Dem Arschloch an seiner Seite drückte ich mein Diktiergerät in die fleischigen Hände. Als ich schon fast um die Ecke gebogen war, rief mir Stadlhuber hinterher, ich solle es nicht so schwernehmen. Es gebe, wie der Fußballkaiser Franz so schön gesagt habe, eben nur eine Möglichkeit: Sieg,

Unentschieden oder Niederlage. Außerdem sei es ein Naturgesetz: »Die Kleinen hängt man, die Großen lässt man laufen.«

38

Das Leben ist keine Cabriofahrt im Sommer. Viel wichtiger als die Frage nach dem Sinn des Lebens ist deshalb auch die Frage nach dem Sinn des Sterbens. Ist der Tod nur eine platzsparende Maßnahme? Ich wusste keine Antwort. Mit dieser Grundgleichgültigkeit bestritt ich die nächsten Tage. Ein Brief von der Schauspielschule landete in meinem Briefkasten: Herzlichen Glückwunsch! Ich sollte drei Rollen einstudieren. Eine klassische und eine moderne, die dritte sei mir selber überlassen.

Vielleicht war das ja der lang gesuchte Weg, der weniger betreten war und mein Leben verändern konnte. Noch war ich nicht zu alt für einen Neuanfang. Eigentlich ist man das nie. Vielleicht würde mir ein Luftwechsel guttun.

Ich beschloss, den Wink des Schicksals zu akzeptieren, und wollte fortan nichts mehr dem Zufall überlassen. Als klassischen Text wählte ich Goethes, nicht Kassandras Faust. Wenn schon klassisch, dann zünftig. Außerdem fühlte ich mich dem zweifelnden Gelehrten in meiner momentanen Verfassung sehr verbunden:

»Habe nun, ach! Philosophie, Juristerei und Medizin, Und leider auch Theologie! Durchaus studiert, mit heißem Bemühn. Da steh ich nun, ich armer Tor! Und bin so klug als wie zuvor; Heiße Magister, heiße Doktor gar, Und ziehe schon an die zehen Jahr Herauf, herab und quer und krumm Meine Schüler an der Nase herum – Und sehe, dass wir nichts wissen können! Das will mir schier das Herz verbrennen.«

Als modernen Text lernte ich ein paar Zeilen aus Martin Sperrs »Jagdszenen aus Niederbayern« auswendig, als Kür nahm ich den Superman-Monolog von David Carradine in »Kill Bill 2«; warum nur Superman ein wahrer Superheld ist und nicht Batman oder Spiderman.

In der Nacht vor dem entscheidenden Vorsprechen in München hörte ich im Halbschlaf Schritte in meiner Wohnung. Ich blickte auf den Wecker: kurz vor Mitternacht. Ausnahmsweise war ich früh schlafen gegangen. Im ersten Moment dachte ich, dass mir mein Unterbewusstsein einen Streich gespielt hatte. Als ich mich gerade wieder auf die Seite drehen wollte und die Schlafmaske über meine Augen stülpte, hörte ich aber das Geräusch wieder. Ein Geräusch, wie wenn jemand versucht, kein Geräusch zu machen. Noch immer glaubte ich an Einbildung, stand aber trotzdem sicherheitshalber auf, um die Wohnung auf Einbrecher zu kontrollieren. Im Dunkeln tastete ich mit dem Finger im Nachtkästchen nach einer Taschenlampe.

Dermaßen bewaffnet, schlich ich auf Zehenspitzen aus dem Schlafzimmer. Meine Augen hatten sich schnell an die Dunkelheit gewöhnt, weshalb ich die Taschenlampe wie einen Prügel in der rechten Hand hielt und darauf verzichtete, das Lämpchen anzuknipsen. Falls sich tatsächlich ein ungebetener Gast auf meinem Terrain aufhielt, wollte ich ihn nicht vorwarnen. Ich setzte auf den Überraschungseffekt, von dem ich mir einen Vorteil erhoffte – für den Fall, dass es zu einem Kampf käme.

In weniger als sechzig Sekunden hatte ich so ziemlich jeden Winkel mit Adleraugen taxiert. Schnell war mir klar, dass ich mich wohl getäuscht hatte. Meine Träume werden mich eines Nachts noch umbringen. Nicht umsonst ist der Tod Schlafes Bruder.

Genau in dem Moment wurde die Klospülung gedrückt, jemand kam aus meiner Toilette. Ich blickte ihn an, er blickte mich an. Wir schrien gleichzeitig. Als ich ihm mit meiner Taschenlampe gerade den Schädel einschlagen wollte, stieß er im Rückwärtstaumeln gegen den Lichtschalter im Flur. Ich konnte den Schlag im allerletzten Moment stoppen. Just in time, quasi.

»Was machen Sie hier?«, fragte ich den ungebetenen Gast.

»Ein Unglück«, antwortete Kemal »Sepp« Öztürk. Ich müsse schnell zu ihnen rüberkommen. Worum es gehe, hätte mich aber vorher interessiert. Das würde ich gleich selber sehen. Im Grunde passte mir der nächtliche Ausflug gar nicht. Ich hätte so dringend schlafen müssen. Öztürk bestand aber darauf, dass ich sofort mitkomme, denn die Sache, wie er sich ausdrückte, vertrage keinen Aufschub.

»Wie sind Sie eigentlich in meine Wohnung gekommen?«, wollte ich wissen. Kemal Öztürk winkte ab. Das sei bei meinem Schloss ein Kinderspiel gewesen. Er zog einen Schraubenzieher aus seiner Hosentasche.

»Und warum haben Sie nicht einfach geklingelt?«

»So wenig Aufsehen wie möglich«, erklärte er und gab das auch als Parole für die unmittelbare Zukunft aus. Bevor wir sein Haus betraten, sagte er, dass er sich auf jeden Fall erkenntlich zeigen werde, sollte ich ihnen helfen. Dann legte er den Finger auf die Lippen und bedeutete mir so, die Fragerei erst mal einzustellen. »Jetzt aber Ruhe«, waren seine genauen Worte. Unter normalen Umständen hätte ich mich nie auf dieses Spiel eingelassen, als das ich es zu diesem Zeitpunkt noch gesehen habe. Andererseits ist Herr Öztürk ein knallhart kalkulierender Geschäftsmann, dem jede Form von Irrationalität zuwider ist. Wie ich hielt auch er sich an die normative Kraft des Faktischen.

Die Fakten, wie sie sich mir präsentierten, nachdem Sepp die Tür aufgeschlossen und mich in die Küche gebeten hatte, waren bereits auf den ersten Augenschein deutlich. Ein Mann lag tot auf dem Terrakottafußboden. Am Tisch saß in gebührendem Abstand Leyla. Sie zitterte, ihr Blick wirkte entrückt. Leylas Mutter löste sich von ihr und trat vor mich. Nach einem kurzen retardierenden Moment fiel sie mir um den Hals.

»Gut, dass Sie da sind, Johann«, schluchzte sie.

»Was sollen wir tun?«, fragte Sepp, der mir auf dem kurzen Weg von meiner in seine Wohnung den »Sepp« und das »Du« angeboten hatte.

»Das kommt drauf an, Sepp«, gab ich heraus.

»Worauf?«, fragte Frau Öztürk.

»Was hier passiert ist.«

Die Öztürk nickte, löste endlich die Umarmung, schenkte mir ungefragt eine Tasse Kaffee ein und berichtete, was wenige Stunden zuvor, während sie und ihr Mann mit den Kindern bei Bruno essen waren, passiert sei. Leyla wollte zu Hause bleiben, weil sie sich angeblich nicht wohlfühlte. Der wahre Grund ihrer Unpässlichkeit sei aber ein Versöhnungsgespräch mit ihrem Mann gewesen. Türsat wollte Leyla um Verzeihung bitten, einen Waffenstillstand in der Familienfehde vorschlagen und fragen, ob sie sich das mit der Scheidung nicht noch mal überlegen wolle. Sie seien doch glücklich miteinander gewesen. »Meine Tochter aber«, fuhr Hatun Öztürk fort, »hat nichts auf diese Beteuerungen gegeben. Zu oft hatte ihr Mann schon Besserung gelobt, einen Neuanfang propagiert. Leyla hat gewusst, dass auf Türsats Ehrenwort kein Verlass ist, sobald seine Familie ins Spiel kommt. Also hat Leyla Nein gesagt und auf der Scheidung bestanden.«

»Und dann?«, fragte ich.

»Dann ist Türsat grob geworden«, antwortete Leyla. »Er hat mich geschubst, gepackt, gerüttelt, mich angeschrien – das alte Spiel. Er hat gedroht, dass es mir so ergehen würde wie dieser armen Frau in Garching. Haben Sie davon gelesen?«, fragte Leyla.

Ich verneinte.

Sepp erzählte die Geschichte. Ein Mann kurdischer Abstammung hatte nur drei Stunden nach dem Scheidungstermin seine Frau vor den Augen des gemeinsamen Kindes niedergestochen, mit Benzin übergossen und bei lebendigem Leib angezündet. Im Verfahren zeigte der Mörder nicht den Hauch Reue.

»Da bin ich durchgedreht«, gestand Leyla. Sie habe ihm den nächstbesten Gegenstand – in diesem Fall einen Kerzenständer – auf die Ohrmuschel geschlagen. »Türsat ist daraufhin total ausgerastet. Ich hatte Angst um mein Leben, bin weggelaufen. In meiner Verwirrtheit in die falsche Richtung. In der Küche saß ich in der Falle. Er ist mit diesem irren Gesichtsausdruck auf mich zugekommen. Da habe ich das Schwein abgestochen.« Leyla zeigte auf das blutverschmierte Fleischmesser vor ihr auf dem Holztisch.

Ich kniete mich zur Leiche und zählte die Wunden an Kopf, Armen, Rücken, Brust, Bauch und Beinen. Auf den ersten unfachmännischen Blick kam ich auf die Zahl acht.

»Ganz schönes Gemetzel.«

Einen Moment herrschte ohrenbetäubende Stille. Ich nahm einen Schluck aus der Kaffeetasse und seufzte.

»Was sollen wir tun, Johann?«, fragte Sepp.

»Wo sind die Söhne?«

»Die wollten noch etwas trinken gehen. In Rosenheim, glaube ich«, antwortete Hatun.

»Frustsaufen«, stellte Sepp verbittert klar. Seinen Buben gehe es alles andere als blendend. Monis Tod habe sie sehr mitgenommen, obwohl sie es sich nicht anmerken ließen.

»Dann müssen wir die Sache allein in die Hand nehmen. Ist auch besser so. Je weniger Mitwisser, desto besser«, sagte ich.

»Was schlagen Sie vor? Sollen wir die Polizei verständigen?«, fragte Leyla unsicher.

»Du könntest sagen, es war Notwehr«, warf Vater Öztürk ein.

»War es doch auch«, insistierte Leylas Mutter.

»So einfach ist das nicht«, war es an mir, Licht ins juristische Dunkel zu bringen. Ich dozierte: »Das Notwehrrecht leitet sich zwar vom römischen Rechtsgrundsatz ›Vim vi repellere licet‹ ab, was so viel heißt wie: Gewalt darf mit Gewalt erwidert werden. Paragraf 32 II StGB definiert Notwehr als eine Verteidigung, die erforderlich ist, um einen gegenwärtigen rechtswidrigen Angriff von sich oder einem anderen abzuwenden. So weit, so gut. Fraglich ist aber, ob eine Notwehrlage vorlag und die Notwehrhandlung erforderlich war. Selbst wenn wir das bejahen, ist weiter zu prüfen, ob das Maß der Notwehr nicht überschritten wurde, Stichwort: Notwehrexzess. Acht Einstiche sind eine ganze Menge. Auf jeden Fall mehr als zur Verteidigung nötig.« Ich gab zu bedenken, dass recht haben und Recht bekommen zwei paar Stiefel seien. »Vor Gericht und auf hoher See sind wir allein in Gottes Hand, sprich: Coram iudice et in alto mare in manu dei soli sumus.« Woran man sich nicht alles so erinnert.

»Wofür plädieren Sie?«, fragte mich Leyla.

»Ich würde vorschlagen, die Leiche verschwinden zu lassen.«

»Die Leiche verschwinden lassen?«, fragte Sepp, ob er soeben richtig gehört hatte.

Zum ersten Mal überhaupt seit meinem unerfreulichen Disput mit der Staatsanwältin erzählte ich von Stadlhubers Geständnis. Ich erklärte Hatun und Sepp Öztürk, dass der Kritiker der Mörder ihrer Tochter war. Und nicht Kuno Lipschitz. Ich versuchte, ihnen klarzumachen, dass auf das Gewaltmonopol des Staates nicht immer Verlass sei, weil sich dessen Vertreter an teils unsinnige Regeln halten müssten. Aus dem Grund riet ich von einer Selbstanzeige ab. Sicher sei sicher. Und am besten sei immer noch, die Leiche verschwinden zu lassen.

»Und deine Schwiegereltern?«, fragte Frau Öztürk ihre Tochter klug.

»Türsat hat gesagt, dass keiner von unserem Treffen wusste. Dass er heimlich mit Zug und Bus aus München gekommen ist.«

Ich klatschte in die Hände.

»Wir müssen uns das trotzdem erst überlegen«, sagte Sepp.

»Aber nicht zu lange«, empfahl ich. Dann ließ ich den Familienrat beratschlagen. Ich hockte mich derweil im Wohnzimmer vor die Glotze und schaute zur Beruhigung einem englischen Landschaftsmaler beim Pinseln zu.

Zehn Minuten später schlich Sepp Öztürk zu mir ins Wohnzimmer. »Okay, Watzmann, wir haben uns entschieden.«

»Wofür?«, fragte ich.

»Wir machen's so, wie du gesagt hast.«

Ich überschlug kurz meinen genauen Plan und trieb dann alle zur Eile an. »Auf geht's. Keine Zeit verlieren. In fünf Stunden wird es hell.« Ich fragte nach einem Auto. Sepp meinte, am besten nähmen wir den Diplomaten. »Der ist Schrott. Gabriel hat einen Lastwagen übersehen.«

Kemal Öztürk lachte. »Erst Zug, dann Lkw. Der Gabriel hat den Dreh raus.«

»Ja, leider«, sagte ich traurig. »Mein Auto hat mir sehr viel bedeutet. War ein Erbstück meiner Tante. Außerdem konnte man mit dem Diplomat einen guten Detektiv abgeben.«

Ich lachte über mich selber. Dann verteilte ich die Aufgaben. Den Toten wickelten wir in den Wohnzimmerteppich. Frau Öztürk holte ihren Fünfer Kombi, Sepp und ich trugen den Perser, in dem ein toter Türke lag, zum Wagen. Leyla musste aufpassen, dass die Luft rein war. Sie schlug sich wirklich tapfer. Die Verladungsaktion verlief problemlos. Ich schloss die Heckklappe.

»Und jetzt?«, fragte Sepp.

»Losfahren«, befahl ich.

»Sie wollen die Leiche in den Inn werfen«, riet Hatun Öztürk.

Ich schüttelte den Kopf und sagte, dass das so auf die Schnelle keine gute Idee wäre, weil wir nichts dabei hätten, um sie zu beschweren. Nein, wir mussten den Toten schon unter die Erde bringen. In ein bereits vorhandenes Grab am besten.

»Also zum Friedhof«, meinte Leyla.

»Kennst du Gabriels Schrebergarten?«, fragte ich den Sepp.

»Gegenüber vom Theater?«

»Genau dort«, sagte ich.

Am Gartenhäuschen lagen eine Hacke und zwei Schaufeln. Ich deutete auf das Kreuz, das an die Hauskatze Bill erinnerte. »Hier graben«, erteilte ich das Kommando. Ich krempelte die Hemdsärmel hoch und nahm die Schaufel. Schnell stießen wir auf die Katze, legten den Karton vorübergehend zur Seite. Es stellte sich als glückliche Fügung des Schicksals heraus, dass Gabriel das Erdreich bereits umgegraben hatte. Trotzdem sollte es noch ziemlich anstrengend und ein Kampf gegen die Zeit werden. Um allerspätestens sieben mussten wir hier raus sein. Gabriels Schrebergartennachbar war ein Frühaufsteher.

Wir gruben ohne Pausen. Ausgerechnet ich mit meinen zarten Händen. Dank Gabriels erstaunlich großzügiger Vorarbeit schafften wir mit vereinten Kräften aber das fast Unmögliche. Im Morgengrauen hatten wir das Katzengrab um gut eineinhalb Meter tiefer gelegt. Darin luden wir den Toten ab und gaben ihm die Katze und den Teppich als Grabbeigabe mit auf seinen Weg ins Jenseits. Zuschaufeln ging dann schneller. Um kurz nach halb sieben steckten wir Gabriels selbst gezimmertes Kreuz zurück an seinen Platz. Es hatte alles seine Ordnung. Von außen war die Erweiterung kaum sichtbar. Bevor wir die Schrebergartenkolonie verließen, schworen wir, unser Wissen sprichwörtlich mit ins Grab zu nehmen. »Kein Wort zu niemandem«, sagte ich.

Leyla umarmte mich kurz und ziemlich schüchtern, als wir zurück in der Altstadt waren und ich vor meinem Turm aus Hatuns Kombi steigen wollte. »Vielen herzlichen Dank, Watzmann«, sagte sie.

»Kein Problem«, antwortete ich. Dafür sei man ja da. Jetzt müsse ich aber ganz dringend noch ein paar Stunden schlafen. Nicht dass ich morgen meinen Elf-Uhr-Zug nach München verpasse.

»Du fährst Zug?«, fragte Sepp Öztürk.

»Aber nicht aus Umweltgründen«, antwortete ich.

39

Frühstück würde ich unterwegs kaufen. Wenn ich den Zug nicht verpassen wollte, musste ich mich sputen. Blöderweise hatte ich meinen Wecker zweimal weitergestellt. Die zwanzig Minuten fehlten mir jetzt.

Weil ich den Postboten gerade aus dem Hauseingang verschwinden sah, kontrollierte ich im Vorbeigehen schnell den Briefkasten. Man weiß ja nie, ob einem nicht jemand eine Grußkarte geschrieben hat. Ich hoffte auf nette Post von Kassandra. Viel Glück für heute. Aber eigentlich wusste sie nichts von meinem Vorsprechen an der Falckenberg-Schule. Zwischen uns herrschte weiter absolute Funkstille. Weder meine modernen E-Mails noch meine altmodischen Briefe wurden beantwortet. Am Telefon ließ sie sich vom Anrufbeantworter verleugnen. Auf dem Handy drückte sie mich einfach weg. Ein paar Mal habe ich versucht, sie auf der Straße anzusprechen. Kassandra hat mich einfach ignoriert. So als wäre ich Luft. Ich vermisste sie. Mir fehlten unsere Gespräche. Mit Wehmut dachte ich an unsere Reisen nach London und Paris. Wie gerne würde ich mit ihr gemütlich im Vau sitzen oder vor dem Fernseher. Das Einzige, was mir von ihr blieb, war ihre Stimme aus dem Lokalradio. Aber die musste ich mit anderen Hörern teilen. Exklusivität war out, und ich war allein schuld daran. Mit der Botschaft des Neuen Testaments brauchte ich ihr aber gar nicht erst zu kommen. Von wegen Vergebung. Kassandra war viel zu emotional für so was. Außerdem gab es diese Gerüchte, dass sie mit diesem komischen Krimiautor gesehen wurde. Im Kino, im Café Central, im Badria beim Schwimmen. Vielleicht sollte ich einfach loslassen.

Natürlich fand ich keine Glückskarte im Briefkasten, dafür aber einen braunen Din-A4-Umschlag. Sein Inhalt: ein Fahrzeugschein, ein Fahrzeugbrief und ein Schlüssel. Was sollte das? Ich steckte die Papiere zurück und beließ den Schlüssel in meiner Hand. Als ich die Haustür öffnete, sah ich das Schmuckstück. Ich probierte gleich die Fernbedienung aus. Die Blinker leuchteten kurz auf. Auf dem Fahrersitz lag eine mit blauer Tinte geschriebene Botschaft: »Lieber Watzmann, eine kleine Geste unserer Dankbarkeit. Jetzt dürfte die Sache ausgestanden sein, und uns bleibt endlich Zeit und Ruhe, um um unsere Moni zu trauern. Dir wünschen wir viel Spaß mit dem neuen Auto. Wir hoffen, es gefällt Dir. Auf die Schnelle konnten wir leider keinen adäquaten Ersatz für Deinen Diplomaten auftreiben, aber dieser Wagen ist immerhin Retro. Mit dem Mini Cooper S Clubman kannst du auf jeden Fall einen guten Detektiv abgeben. Oder was auch immer. Die Lackierung hat Leyla ausgewählt.«

Ich strich über die Armaturen, stieg aus und streichelte die Motorhaube. »British Racing Green Metallic«, murmelte ich. Darüber geriet ich fast ins Schwärmen. Ein Jugendlicher störte meine verliebten Blicke. »Geile Karre, Alter«, rief er und ratterte die Daten herunter: »175 PS, in 7,6 Sekunden von null auf hundert, 4 Zylinder 16V, 224 Stundenkilometer Spitze, 6-Gang-Schaltgetriebe.«

»Weiß ich selber«, behauptete ich. »Und jetzt schieb ab, Kleiner.«

»Schon gut, Meister.«

»Müsstest du nicht in der Schule sein?«

»Sommerferien.«

Ich setzte mich ans Steuer und startete den Motor. Ein gutes Gefühl. Mein Diplomat war schon fast vergessen. So ist das halt, wenn eine neue Liebe die alte ablöst. Da bleibt keine Zeit für Sentimentalitäten. Schwamm drüber.

Auf FM 4 spielten sie »King of Pain« von The Police. Sofort musste ich an Gabriel denken. Und wenn man an den Teufel denkt ... In Gestalt eines Anhalters stand er unterhalb der Rampe, die aus der Altstadt herausführt, mit erhobenem Daumen. Natürlich ignorierte ich ihn völlig.

Zwanzig Meter weiter hielt ich an und legte den Rückwärtsgang ein. Ich stoppte direkt vor dem schwer bepackten Tramper. Den Knopf für das Beifahrerseitenfenster fand ich erst nach längerer Suche.

»Wo soll's hingehen?«, fragte ich.

»Fürstenfeldbruck«, antwortete der Polizeihauptmeister.

»Ich fahre nach München.«

»Auch recht.«

»Dann steig ein.«

Gabriel verstaute seine Koffer im Heck und fläzte sich nach getaner Arbeit faul in den Sportsitz zu meiner Rechten. »Neues Auto?«

»Frisch vom Band.«

»Sauber.«

In den Serpentinen unterzog ich das Fahrwerk gleich seiner ersten kleinen Prüfung, die es mit Bravour bestand. In puncto Sportlichkeit ließ der neue Wagen keine Wünsche offen. Ein ganz neues Fahrgefühl im Vergleich zum gemütlichen Cruisen mit dem vierzig Jahre alten Opel.

Gabriel berichtete unaufgefordert, dass heute sein erster Tag an der Polizeifachhochschule sei und er es kaum bis zur Einführungsveranstaltung am Nachmittag erwarten könne. Endlich gehe es mal voran in seinem Leben, sagte er. Ich nickte bloß.

In Eglharting fragte er, ob wir eventuell kurz bei McDonald's einen Kaffee trinken könnten, weil er noch nicht gefrühstückt habe. Ich warf einen Blick auf die Zeitanzeige. »Kein Problem«, erwiderte ich gelassen. Ich sei gut in der Zeit.

»Zeit wofür?«, wollte Gabriel wissen.

»Berufsgeheimnis«, sagte ich. Musste ja nicht jeder erfahren, dass ich vom Detektivsein die Schnauze voll hatte und kurz vor einem Rollenwechsel stand.

Gabriel nahm einen Egg McMuffin. Ich hielt mich an Cappuccino.

»Wir müssen reden«, sagte er ernst.

»Worüber?«

»Über uns.«

Ich lachte und gab zu bedenken, dass wir weder ein altes Ehepaar noch ein junges Liebespaar seien.

»Aber Freunde, Sherlock«, betonte Gabriel.

»Ja, das sind wir, Magnum.«

Gabriel betonte, dass er die Sache mit dem Auto und der Netrebko extrem bedauere. Dass er wirklich schätze, was ich für ihn getan habe. Dass mit Rita alles bestens und ihre Ehe harmonischer denn je verlaufe. Ich entgegnete, dass es mir leidtue und dass ich eigentlich gar kein so schlechter Mensch sei. »Es ist nur so, dass ich den Diplomat geliebt habe. Genau wie die Netrebko.«

»Die Liebe ist ein seltsames Spiel«, zitierte Gabriel einen alten Schlager von Connie Francis. Ich gab ihm recht.

»Dann ist mit uns wieder alles im grünen Bereich?«, fragte er sicherheitshalber.

»Im British Racing grünen Bereich«, antwortete ich.

Wir lachten beide.

»Und was ist mit Kassandra?«, setzte Gabriel seine Fragerunde im Auto fort.

»Uns bleibt immer noch Paris.«

»Paris? Verstehe ich jetzt nicht.«

»Aus Casablanca.«

»In Marokko?«

»Dem Film.«

»Welcher Film?«

»Na Casablanca. Mit Humphrey Bogart. Du weißt schon: Ich seh dir in die Augen, Kleines. Spiel's noch einmal, Sam. Verhaften Sie die üblichen Verdächtigen. Uns bleibt immer noch Paris.«

»Und wie geht's dir dabei?«

»Willst du's wirklich wissen?«

»Sonst hätte ich nicht gefragt.«

»Also gut: beschissen.«

Gabriel nickte.

Am Münchner Hauptbahnhof schmiss ich ihn aus dem Wagen. »Hey Gabriel«, rief ich ihm nach. »Bleib geschmeidig!« Der Polizeihauptmeister drehte sich kurz um und grinste. »Nein, Watzmann, bleib du geschmeidig!«

Über die Schwanthalerstraße, die Sonnenstraße, den Oskar-von-Miller- und den Karl-Scharnagl-Ring fuhr ich zur Maximilianstraße, wo ich meinen Clubman neben der Oper parkte. Den Weg, muss ich aber anmerken, hätte ich ohne das Navi so schnell nie gefunden. Zu meiner Münchner Zeit bin ich immer mit der U-Bahn unterwegs gewesen.

40

Es war noch über eine Stunde Zeit, bis ich meine Texte aufsagen musste. Insgeheim hoffte ich, dass ich im Improvisationsteil meine Geheimwaffe vorführen durfte: das Nashorn. Ein Nilpferd würde ich aber sicherlich auch realitätsnah verkörpern können. Abwarten und Tee trinken war angesagt. Ich hockte mich auf einen Darjeeling in die Kammerspiele-Kantine. Vorab etwas Theaterluft zu schnappen hielt ich für eine gute Idee. In dem praktisch eingerichteten Raum saßen viele junge und noch mehr jung gebliebene Menschen. Ich trank meinen Tee und beschloss spontan, an Ort und Stelle eine Generalprobe abzuhalten. Sicher ist sicher. Und schaden kann's nicht. Als Text wählte ich die Kür, sprich: Bill in »Kill Bill 2«. Das ist eine sehr sozialkritische Passage. Und Sozialkritik kommt im Theater immer gut an.

Ich kletterte auf den Tisch, räusperte mich und bat um Aufmerksamkeit. »Meine sehr verehrten Damen und Herren«, begann ich. »Wenn ich einen Moment um Ihre Aufmerksamkeit bitten dürfte. Ich bin der Watzmann.« Ich atmete tief im Zwerchfell ein und sagte dann sehr prononciert meinen Text auf: »Ein Hauptelement der Superhelden-Mythologie, äh, es gibt nur einen Superhelden, und es gibt das Alter Ego. Batman ist in Wirklichkeit Bruce Wayne, Spiderman ist in Wirklichkeit Peter Parker. Wenn diese Figur morgens früh aufwacht, dann ist es Peter Parker. Er braucht erst sein Kostüm, um Spiderman zu werden. Und was diese Charakteristik angeht, ist Superman eine Ausnahme. Superman wurde nicht erst zum Superman, Superman kam als Superman auf die Welt. Wenn Superman morgens aufwacht, ist er Superman. Sein Alter Ego ist Clark Kent. Sein Umhang mit dem großen roten S, das ist die Decke, in die er als Baby eingewickelt war, als die Kents ihn gefunden haben. Das ist seine Kleidung. Was Kent anhat, die Brille, der Büro-Anzug, das ist das Kostüm. Das ist das Kostüm, das Superman trägt, um sich uns anzupassen. Clark Kent ist so, wie Superman uns sieht. Und was sind die Charakteristika von Clark Kent? Er ist schwach, er hat wenig Selbstbewusstsein, er ist ein Feigling. Clark Kent ist Supermans Kritik an der menschlichen Spezies.«

Als ich fertig war, war es einen Moment absolut still. Im nächsten brach mein Publikum in Jubel aus. Bravos erfüllten den Raum. Besser kann keine Generalprobe enden. Ich hoffte nur, dass es nicht ein schlechtes Omen war. Weil das mit der Vorahnung: ganz schlimme Gabe.

Voller Selbstvertrauen nahm ich vor dem Probenraum neben meinen zukünftigen Kollegen Platz. Gespräche waren nicht erwünscht. Erstens waren wir Konkurrenten, zweitens war ich schon als Nächstes an der Reihe. So ein blonder junger Bursche murmelte

»Viel Glück«. Vielleicht hatte ich mich aber auch verhört. Ich weiß es nicht, so fokussiert war ich auf meinen großen Auftritt. Und Glück – wer braucht schon Glück?

Ich betrat die kleine Bühne. Die Prüfer waren mit einer Ausnahme dieselben wie bei meinem letzten Gastspiel. Dieses Mal saß zwischen der Dame mit Brille und der Mittelalterlichen ein berühmter Bühnenschauspieler, den ich hauptsächlich aus alten Derrick-Folgen kannte. Ich wusste, dass Stadlhuber den Vorsitz der Prüfungskommission wegen seiner Sendung abgegeben hatte. Die war mit Traumquoten gestartet, die Programmmacher sprachen in Interviews schon von einem zweiten Reich-Ranicki mit den Entertainerfähigkeiten eines Thomas Gottschalk.

»Lieber Herr Watzmann«, begann die Dame mit Brille. »Leider muss ich Ihnen mitteilen, dass Sie für ein Studium an der Falckenberg zu alt sind.«

»Wie jetzt?«, fragte ich verärgert. Hatte ich mir wegen nichts so viel Mühe gegeben und war extra nach München gefahren?

»Ihr schauspielerisches Talent hat uns aber so beeindruckt, dass wir Sie den Kammerspielen weiterempfehlen möchten. Viele berühmte Schauspieler haben nie eine Schauspielschule von innen gesehen, müssen Sie wissen. Unser neuer Hausregisseur, der Harry Stöckl, sucht für seine erste Inszenierung noch einen jungen Boandlkramer für den Brandner Kaspar. Ein unverbrauchtes, frisches Gesicht. Wir treffen für ihn nebenbei die Vorauswahl. Casting, nennen die das beim Fernsehen. Wir sagen Vorsprechen dazu. Strengen Sie sich also an, und spielen Sie uns ruhig was vor.«

Ich nickte selbstsicher, obwohl ich verwirrt war. Hatte ich das gerade richtig verstanden?

Nach einer kleinen Fragerunde wollte der Schauspieler, der immer den Bösewicht aus Grünwald gespielt hat, meinen Faust hören. Kein Problem, dachte ich und begann in bester Will-Quadflieg-Tradition den vorbereiteten Text zu deklamieren. In diesem Moment wurde die Tür neben der Bühne einen Spalt geöffnet. Paul Stadlhuber grinste herein, seine Gesichtszüge waren zu einer teuflischen Fratze verzogen. Ich geriet ins Stottern. »Habe nun, ach! Philosophie, Dings und Theologie!« Scheiße.

»Juristerei und Medizin«, wollte mir die Mittelalterliche, die den nettesten Eindruck von den drei Prüfern machte, auf die Sprünge helfen. Ich begann von vorn. Diesmal schaffte ich es immerhin bis zum Magister. »Heiße Magister, heiße Professor gar.«

»Doktor«, korrigierte mich der Bösewicht.

»Ach ja, nur Doktor, freilich.«

Ich schwitzte, stand auf wackligen Beinen. Stadlhuber schloss die Bühnentür und verschwand. Nach minutenlangem Blackout begann ich wenigstens zu stammeln. Gut ist leider anders. Ich durfte gleich die Kür vorführen.

Mein Herz hörte auf zu rasen, die Drüsen stellten ihre Schweißüberproduktion ein. Ich sandte einen kurzen Dank an die Adresse meines Schöpfers. Die Kür ist meine Stärke, dachte ich und sagte das auch zu den Juroren. War das wirklich Stadlhuber? Oder hatte ich ihn mir eingebildet?

»Und bitte«, gab der Derrick-Ganove das Kommando.

Ich überlegte einen Augenblick. Ich überlegte noch einen. Und dann noch einen. Eine gefühlte halbe Ewigkeit später fragte mich der Vorsitzende, was denn jetzt schon wieder los sei, sprich: ob ich eventuell noch die Güte hätte, den Filmmonolog vorzutragen oder nicht. Natürlich hatte ich die Güte. Aber ich konnte mich nur noch an den Mittelteil erinnern. Und das auch nur ganz verschwommen. Kurz vorm erneuten Verzweifeln warf ich einen letzten Blick zur Decke. Aber selbst von oben kam jetzt keine Hilfe mehr. Ich hatte es versaut, packte meine Sachen, schüttelte den Prüfern ihre Hände und steuerte zum Ausgang. Immerhin bewahrte ich dabei einigermaßen Haltung.

»Improvisieren Sie halt«, rief die Dame mit Brille.

»Es ist noch nichts verloren«, wollte mich jetzt sogar der Schauspieler aufmuntern.

»Wo gehen Sie hin, Herr Watzmann?«, fragte die Mittelalterliche.

Wenigstens zum Schluss wollte ich noch etwas Intelligentes sagen. Es reichte aber nur zu einem Beckett-Zitat: »Immer versucht, immer gescheitert.« Der Schauspieler vollendete: »Versuchs wieder, scheitere wieder, scheitere besser.«

Ich aber hatte Goethe und Tarantino, Nashorn und Nilpferd schon vom Spielplan gestrichen. »Ich bin dann mal weg!«, verabschiedete ich mich aus München. Zuvor suchte ich aber noch das Haus vom Keller bis zum Speicher erfolglos nach Stadlhuber ab.

Erst im Auto verlieh ich meiner Wut Ausdruck. »Verdammte Scheiße«, fing ich an zu fluchen und drosch mit den Fäusten auf das unschuldige Lenkrad.

Epilog

Wochen später: Ich kam abgekämpft vom Taekwondo nach Hause. Als Erstes stopfte ich den verschwitzten Kampfanzug und den weißen Gürtel in die Waschmaschine. Dann schwang ich mich aufs Sofa, von wo aus ich mit letzter Kraft die Glotze einschaltete. Beim Durchschalten blieb ich bei den Nachrichten hängen. Den Mann im Bericht kannte ich, die Frau auch. Sie hatte also wirklich Wort gehalten.

»Wir werden jeden Stein ein zweites Mal umdrehen«, hatte mir die Staatsanwältin versprochen. Jeder habe Leichen im Keller, jeder mache Fehler, war sie sich sicher. Bei Paul Stadlhuber hielt ich das für ausgeschlossen. Wer fünf Menschen tötet, hat keine Leichen mehr im Keller. Die anonyme Anzeige bei der Steuerfahndung war also hilfreich.

Beim zweiten Treffen mit Frau Reuter waren mir in der Hitze des Gefechts zwei Dinge eingefallen: Stadlhubers Liechtensteiner Anlageberater, den Mausi der Kassandra gegenüber erwähnt hatte, und die Al-Capone-Biografie. Dem berühmten Verbrecher hatten sie ja auch keinen einzigen Mord nachweisen können. Wegen Steuerhinterziehung schickten ihn die Geschworenen in Chicago trotzdem hinter Gitter.

Paul Stadlhuber drohten im schlimmsten Fall zehn Jahre Gefängnis. Den Staat zu bescheißen ist kein Kavaliersdelikt. Mit Genugtuung sah ich, wie ihn zwei Polizeibeamte zu einem Wagen führten und grob auf die Rückbank schubsten. Ganz besonders gefielen mir die Handschellen an seinen Handgelenken.

Zum ersten Mal seit langer Zeit konnte ich wieder lachen. Manchmal muss man sich im Leben einfach mit weniger zufriedengeben. Allein Stadlhubers weinerliches Gesicht im Fernsehen war meine zusätzlichen Nachforschungen und die Rundfunkgebühren wert. Seine Karriere im Rampenlicht, in dem er sich so gerne sonnte, war mit dem heutigen Tag beendet. »Wetten, dass ...?« konnte er sich abschminken, auch wenn sie ihm nur fünf Jahre aufbrummen sollten. Hätte er mal besser seine Honorare korrekt versteuert.

Zur Feier des Tages entkorkte ich eine Flasche von meinem Besten: Château Mouton-Rothschild Jahrgang 1961. »Auf dich, Kathrin«, prostete ich der Reuter zu. Sie sah fantastisch aus.

»Nein, auf dich, Watzmann«, prostete mir die Staatsanwältin zu.

»Auf uns!«, fanden wir einen Kompromiss. Dabei blickten wir uns eine Millisekunde zu lange in die Augen.

Der Rest ist Schweigen.

PIPER

Christian Böhm

Löwenjagd

Watzmanns erster Fall. 208 Seiten. Broschur

Eigentlich sollte es ein ruhiger Abend werden, mit einer Flasche Brunello und der Netrebko hoch über den Dächern von Wasserburg. Doch dann läutet es Sturm, und vorbei ist es mit Johann Watzmanns gemütlichem Provinzdetektivleben. Denn im Aufzug vor seiner Wohnungstür haucht gerade ein Mann sein Leben aus. Das Messer im Herz und das großzügig vorhandene Blut lassen auf ein gewaltsames Ende schließen. Ein Anblick, der auch einen Detektiv nicht kaltlässt, zumal es sich bei dem Toten um einen guten Freund und den allseits beliebten Torjäger des TSV 1880 handelt. Beherzt untersucht Watzmann den Tatort und findet sich bald mitsamt dem Aufzug im Erdgeschoss wieder – in verdächtiger Zweisamkeit mit der Leiche und vor den schreckgeweiteten Augen seiner Nachbarin.

01/1669/01/L